Anja Ackermann · Pe Grigo

Emi und Luna – Eine Freundschaft mit Kawumm

Ein Huhn steht kopf

Anja Ackermann

wurde 1968 in Norddeutschland geboren. Sie arbeitet als Kinder- und Jugendbuchautorin und veröffentlicht auch unter dem Pseudonym Ina Jacobsen. Mit vier Kolleginnen teilt sie sich die Mansarde des Lübecker Kinderliteraturhauses, wo ihre manchmal ziemlich verrückten Geschichten entstehen. Mit Mann und Kindern lebt sie am Stadtrand von Lübeck.

Pe Grigo

liebt es seit ihrem zweiten Lebensjahr, Monstern, Tieren und verrückten Wesen eine Gestalt zu geben. Seit über 10 Jahren arbeitet sie als Illustratorin und bebildert Kinder- und Bilderbücher. Die gelernte Druckvorlagenherstellerin und Diplom-Grafikdesignerin lebt mit ihrer Familie in Bielefeld.

Anja Ackermann

Emi und Luna

Eine Freundschaft mit Kawumm

Ein Huhn steht Kopf

Illustriert von
Pe Grigo

Arena

Einband- und Innenillustrationen: Pe Grigo
Gesamtherstellung: Westermann Druck Zwickau GmbH
ISBN 978-3-401-06984-5

www.arena-verlag.de

1

„Keine ist so dick wie ich“,

brummte Holda. „So dick wie ich ist keine.“ Die Stubenfliege klopfte sich mit ihren hinteren Beinchen den prallen Bauch. „Und damit das auch so bleibt …“, sie spähte nach unten, „muss ich so schnell wie möglich eine neue Bleibe finden. Eine, in der es ordentlich was zu futtern gibt.“

Ihr halbes Fliegenleben hatte Holda in einer Zuckerbäckerei verbracht. Dort hatte sie von früh bis spät Zuckerguss und Marzipan, Schokoladenglasur und Sahnehäubchen geschleckt. Schon als junge Stubenfliege hatte sie mit Schaudern zugesehen, wie sich ihre Artgenossen auf dampfende Hundehaufen und vergammelte Wurstbrote stürzten. Das war weder lecker noch machte es anständig dick.

„Alles Schwachköpfe, die nichts Besseres verdient haben“, murmelte Holda. „Für mich dagegen ist nur Süßes gut genug.“

Nur leider hatte schräg gegenüber des Zuckerbäcker-Ladens ein Supermarkt eröffnet. Dort konnten die Leute Tiefkühltorten, eingeschweißten Sandkuchen mit Zuckerguss und Fertigsahne in Sprühdosen kaufen. Die Sachen im Supermarkt kosteten nur die Hälfte. Oder noch weniger. Deshalb hatte der Zuckerbäcker seinen Zuckerbäcker-Laden abgeschlossen und den Schlüssel einer braun gebrannten Frau übergeben, die ein Sonnenstudio eröffnen wollte. Mit hängendem Kopf war der Zuckerbäcker quer über die Straße zum Supermarkt geschlurft. Von nun an befüllte er Tiefkühlregale mit Tiefkühltorten und Kuchenregale mit eingeschweißten Sandkuchen.

Holda war ihm in den Supermarkt gefolgt. Doch so viel sie auch probiert hatte, es war ihr nicht gelungen, ihren Rüssel durch die Plastikfolie zu bohren und an den weißen Zuckerguss heranzukommen. Im Tiefkühlregal hatte sie bei dem Versuch, die Marzipanschicht einer tiefgefrorenen Nusstorte zu erreichen, sogar Erfrierungen erlitten. Seitdem war die Kralle am mittleren linken Bein nicht mehr richtig zu gebrauchen.

Holda landete auf einem Eichenblatt, um ein wenig zu verschnaufen. Das Langstreckenfliegen war sie nicht mehr gewöhnt. Sie japste und keuchte. Bis zum nächsten Haus, das hinter dem Parkplatz des Supermarktes lag, war es noch ein weiter Weg.
Zwei Schmetterlinge, die ihr schon seit einiger Zeit gefolgt waren, brachen in schallendes Gelächter aus. Sie umflatterten die Stubenfliege und der eine feixte: „Ist dir etwa die Puste ausgegangen?"
„Du hast ja auch schon schlappe fünfeinhalb Meter geschafft", stichelte der andere.

„Macht, dass ihr wegkommt, ihr blöden Schnösel“, schnaubte die Stubenfliege. Kichernd flogen die Schmetterlinge davon. Holda schickte ihnen giftige Blicke hinterher. Wie sehr sie diese hochmütigen Flattermänner hasste.
Die Stubenfliege reckte und streckte sich. Sie fühlte schon, wie sich ein Hungergefühl anschlich. Es wurde Zeit, den Weg fortzusetzen und ein Haus, bis unters Dach vollgestopft mit Kuchen und Torten, zu finden.

Zur gleichen Zeit war in dem Haus, das neben dem Parkplatz des Supermarktes stand, Hektik ausgebrochen. So wie fast an jedem Morgen.

Emis Mutter, Karla Katzenhammer, hetzte von der Küche ins Esszimmer, vom Esszimmer ins Badezimmer und vom Badezimmer zurück in die Küche. Dabei schaute sie alle sieben Sekunden auf das Smartphone in ihrer Hand und jammerte: „Ohgottohgottohgott, schon so spät. Die Wesselmeier wird mir den Kopf abreißen, wenn ich nicht rechtzeitig komme.“
Die Wesselmeier war die Rektorin der Schule, in der

Emis Mutter Lehrerin war. Es war leider
auch die Schule, auf die Emi ging.
Und in Wahrheit waren sie grundsätzlich
zu früh dort. Mindestens eine Stunde.
Manchmal sogar zwei.
Doch jeden Morgen wieder glaubte ihre
Mutter, es dieses Mal auf keinen Fall rechtzeitig
schaffen zu können. Auch wenn es dafür keinen
vernünftigen Grund gab.
Emi schlurfte zeitlupenlahm ins Badezimmer und
begann, ihre Zähne zu putzen.
Ebenfalls zeitlupenlahm.
Sie hasste es, so elend früh in der Schule zu sein.
„Hast du schon gefrühstückt, Liebes?“, rief Frau Katzenhammer aus der Küche.
„Jaja“, nuschelte Emi und besprühte den Spiegel mit
Zahnpasta-Spucketröpfchen.
„Hast du dir auch schon das Pausenbrot geschmiert?“
„Jaja.“
„Und hast du dir schon die Zäh…?“

„Ja!“, fauchte Emi.

Frau Katzenhammer steckte den Kopf ins Badezimmer. „Sind wir heute Morgen gereizt?“, fragte sie spitz.

„Phh!“, machte Emi. Nun war der Spiegel ganz und gar mit weißen Pünktchen übersät.

„Und vergiss nicht, den Spiegel zu putzen, wenn du im Bad fertig bist“, sagte Frau Katzenhammer und klopfte auf ihr Smartphone. „Aber bitte flott, meine Dame. In zehn Sekunden fahren wir los. Igitt!“ Sie fuhr auf dem Absatz herum. „Eine Mistfliege. Dort an der Wand. Wo ist das Insektenspray?“

Holda klopfte sich auf ihre winzigen Ohren, die zwischen ihren Facettenaugen saßen. Hatte sie richtig gehört?

Emi spülte ihren Mund aus und sagte: „Das ist nur eine kleine Fliege, Mama. Da muss man doch nicht gleich …“

„Die hat doch bestimmt vorher auf einem Hundehaufen gesessen“, unterbrach Frau Katzenhammer ihre Tochter. „Eine Million Bakterien hat die an ihren Beinen. Mindestens.“ Sie stopfte das Smartphone in ihre Hosentasche.

„Frechheit!“, schnaubte Holda. Sie wünschte, Menschen könnten Stubenfliegenstimmen hören. Dann hätte sie jetzt einen Fluch losgelassen, der ihre Ohren schlackern lassen würde. Frau Katzenhammer war zum anderen Ende des Flures gefegt und hatte eine signalgelbe Spraydose aus dem Besenschrank geangelt. Auf dem Etikett waren riesenhafte Mücken, grün schillernde Mistfliegen und monstermäßige Spinnentiere zu sehen. Emis Mutter rannte zurück, zog den Deckel von der Dose und richtete die todbringende Düse direkt auf Holda. Die durchsichtigen Flügel der Stubenfliege zitterten.

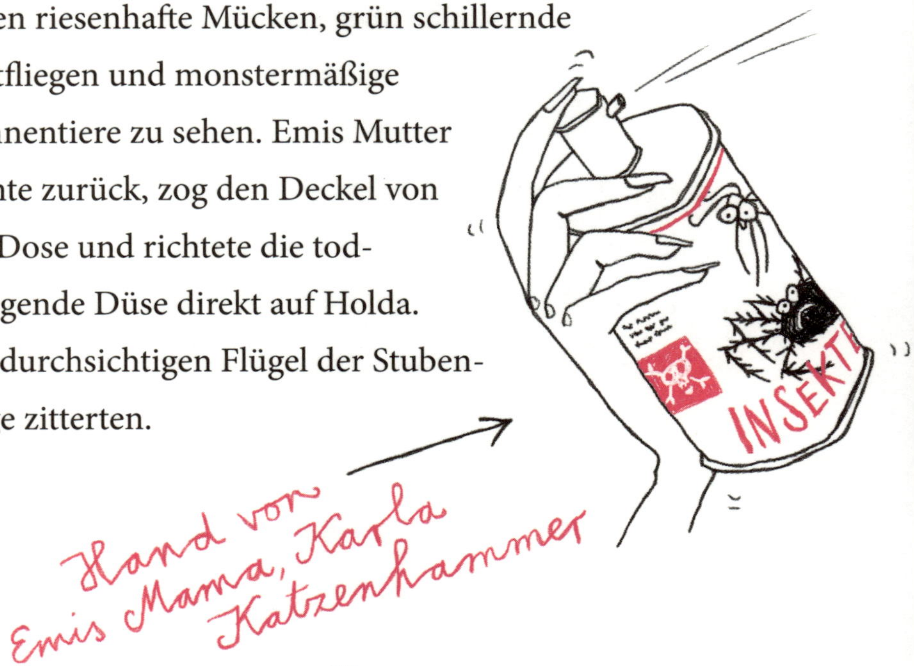

Flieg weg!

raunte Emi, die aus dem Bad gekommen war. Die Fliege schien sie tatsächlich verstanden zu haben, denn sie warf sich in die Luft und sauste wie eine Kanonenkugel davon. Eine halbe Sekunde später traf der giftige Strahl die Wand.

Emi schüttelte den Kopf.

„Also echt, Mama!“

Frau Katzenhammer stellte die Spraydose zurück in den Besenschrank, eilte zum Spiegel und richtete ihre Frisur.

„Wir müssen los“, sagte sie und sah sich suchend um. „Wo ist Kawumm?“

„Schläft noch im Körbchen“, sagte Emi und gähnte.

„Er tut was?“ Ihre Mutter schlug die Hände über dem Kopf zusammen. „Meine Güte, worauf wartest du denn noch? Schnell, weck Kawumm! Und dann ab zum Hunde-Babysitter mit ihm.“

Holda hatte sich ins Freie gerettet und schraubte sich hoch in die Luft. Sie hustete und keuchte und setzte sich auf den Rand einer chromblitzenden Dachrinne.

„Mörder!“, schimpfte sie und begann, sich das Köpfchen mit den Vorderbeinen zu putzen. „Eine wehrlose Stubenfliege anzugreifen, die keinem etwas getan hat. Was für eine Unverschämtheit!“

Sie schnaubte noch einmal, dann sah sie sich um. Hinter der hohen Hecke gab es noch ein Haus. Dort würde sie als Nächstes ihr Glück versuchen. Hoffentlich lebten dort keine Fliegenmörder!

Während Frau Katzenhammer und Emi zur Schule jagten, trank Luna Osterberg im Nachbarhaus in aller Ruhe ihren Morgenkakao. Unter dem Küchentisch krabbelte Augustin der Zweite herum und zog an Lunas strumpfsockigen Zehen. Zehen-lang-ziehen war die Lieblingsbeschäftigung von Lunas kleinem Bruder. Augustin der Zweite gluckste zufrieden und robbte zum nächsten Fuß. Der gehörte zu Augustin dem Ersten,

Großonkel, Entdecker und Erfinder. Augustin der Erste war gerade in eine Skizze vertieft, die auf seinem Frühstücksbrett neben einem Käsebrot lag. Er murmelte vor sich hin und kritzelte seltsame Zeichen und Symbole auf das Papier.

„Was machst du?“, fragte Luna. „Erfindest du was, um mein mechanisches Huhn lebendig zu machen?“

Sie wackelte mit ihren Zehen, um Augustin den Zweiten anzulocken. Sie gab es nie zu, aber eigentlich mochte sie es gern, wenn ihr kleiner Bruder an ihnen zog.

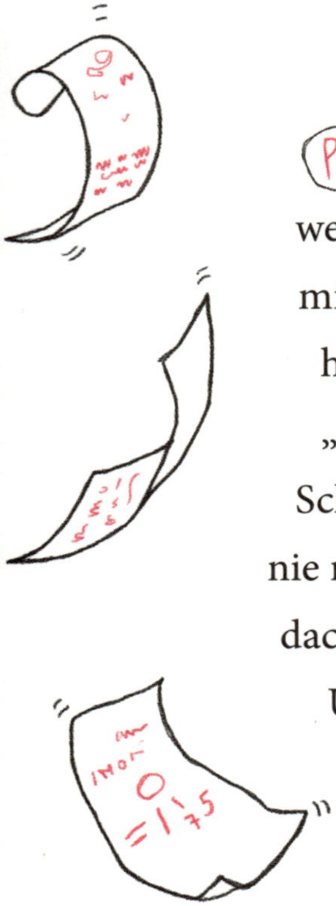

Pst, pst, pst machte ihr Großonkel und wedelte, ohne von seiner Skizze aufzublicken, mit beiden Händen gleichzeitig. „Es ist allerhöchste Konzentration gefordert.“

„Jaja, schon gut.“ Luna zuckte mit den Schultern. Eigentlich war Augustin der Erste nie richtig ansprechbar. Immer konstruierte, dachte, entwarf oder verwarf er gerade etwas. Und immer war es absolut und höchst wichtig.

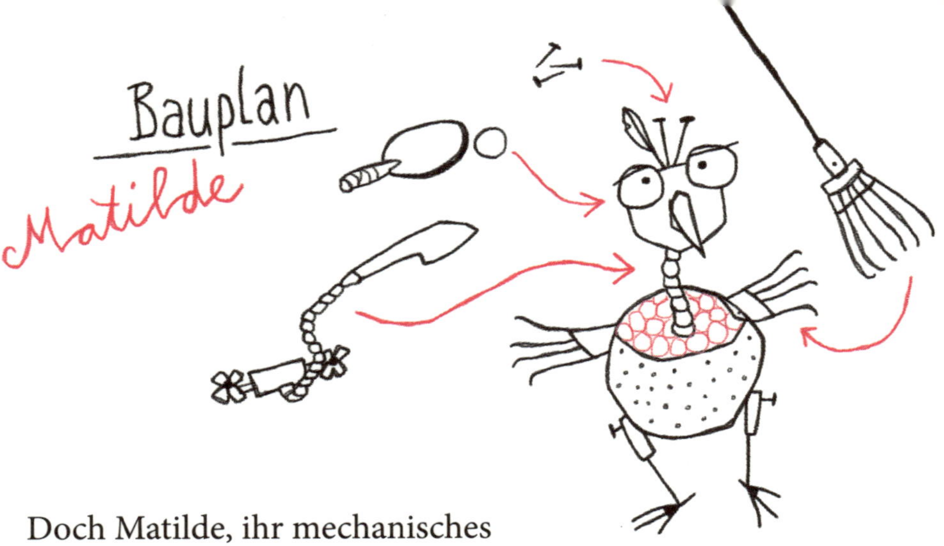

!!! Doch Matilde, ihr mechanisches Huhn, war auch absolut und höchst wichtig.

Ihr Großonkel hatte ihr Matilde zum Geburtstag geschenkt. Eigentlich hatte sie eine Eierlegemaschine werden sollen. Aber sie war ein wenig fehlkonstruiert. Sie konnte gackern, wenn auch etwas blechern. Sie konnte herumstolzieren und im Sand picken.

Aber sie legte keine Eier.

Nicht mal ein kleines.

Luna liebte Hühner. Doch eigentlich hatte sie sich ein richtig lebendiges gewünscht, kein mechanisches. Augustin der Erste hatte ihr deshalb hoch und heilig versprochen, daran zu arbeiten. Und was war bisher passiert? Überhaupt gar nichts.

Luna beugte sich vor und schielte auf seine Skizze. Vielleicht arbeitete er ja doch heimlich an Matildes Verlebendigung. Und er wollte es erst verraten, wenn ihm die Entwicklung geglückt war.

Auf seinem Notizblock tummelte sich ein Durcheinander aus Linien, Buchstaben, Zahlen und seltsamen Zeichen. Sie wirbelten um zwei gezeichnete Männer herum, die sich ziemlich ähnlich sahen. Luna machte die Augen schmal. Das sah fast so aus, als hätte Großonkel Augustin sich dort selbst skizziert. Einmal ungefähr so, wie er jetzt aussah, mit verwuschelten grauen Haaren, einer Brille auf der faltigen Nase und buschigen Augenbrauen. Und einmal so, wie er vielleicht vor dreißig, fünfzig oder einhundert Jahren ausgesehen hatte. Jung, mit vollem dunklem Haar und das Gesicht ganz ohne Falten.

„Was soll das werden?“, fragte sie und versuchte, die Worte zu entziffern. Augustin der Erste hatte sie doppelt unterstrichen und mit Pfeilen gespickt, die auf beide Großonkel-Köpfe zeigten. „Willst du dich irgendwie verdoppeln?“

Sein Gesicht lief puterrot an. Hastig drehte er das Blatt um und schob es unter das Frühstücksbrett.

murmelte er. „Außerdem sind meine Entwicklungen streng geheim. Und zwar bis zu der Mikrosekunde, in der ich das Patent für sie erworben habe.“

Luna kratzte sich hinter dem Ohr. Vielleicht entwickelte er eine Zeitmaschine, um seinem jüngeren Ich zu begegnen? Dem zwanzigjährigen Augustin dem Ersten?

In die Vergangenheit und Zukunft reisen zu können …

Luna sah verträumt aus dem Fenster.

Das wäre echt genial!

Die Stubenfliege Holda spähte zum Nachbarhaus hinüber.

Es wurde Zeit, den Weg fortzusetzen. Ihr armer kleiner Magen begann bereits zu knurren. Die Stubenfliege grummelte und brummelte und stieß sich von der Regenrinne ab.

Es war nicht schwer, in das Haus zu gelangen. Die Eingangstür stand weit offen, als wäre hier jedermann willkommen.

Auch Stubenfliegen.

Holda flog durch einen verwinkelten Flur und an vielen Türen vorbei. Sie schnupperte in alle Richtungen und prüfte, ob es hinter einer von ihnen vielleicht süße Dinge gab. Vor einer Wendeltreppe drehte sie ab und folgte einem Gang nach rechts. Wenn sie nicht alles täuschte, war von dort ein Hauch Himbeergelee-Duft herübergeweht. Da schwang direkt neben der Stubenfliege eine Tür auf.

Laut summend trat eine Frau auf den Flur, die glänzende Laune zu haben schien.
„Noch nie-ie da gewesen", sang sie und machte ein paar tänzelnde Schritte. „Eine sagenhafte Kreation aus Marzipansahne und Zuckerschnee, juch-he." Sie kicherte und murmelte: „Wenn ich nicht so verflixt geniale Torten erfinden würde, sollte ich Dichterin werden."
In Holdas Nase geriet ein fantastischer Sahnetorten-Duft, der sie an die gute alte Zuckerbäckerei erinnerte.
„Hier bleib ich", sagte sie. Mit einem zufriedenen Brummen setzte sie sich auf die Schulter der Frau und ließ sich von ihr in die große Küche tragen.

2

Ungefähr sieben Stunden später …

… warf sich Emi neben Kawumm auf das Sofa im Kinderzimmer. Kawumm war ein spitzgedackelter Pudelwelpe und ziemlich wild. Er hasste es, jeden Vormittag bei der Hunde-Babysitterin abgegeben zu werden. Mit ihr und vier anderen Hunden musste er stundenlang an der Leine durch den Park spazieren. Dabei liebte Kawumm nichts mehr als Laufen und Toben. Für sein Leben gerne würde er mit anderen Hunden um die Wette rennen und herausfinden, wer der Schnellste von ihnen war.

Zum Glück war Emi anders gestrickt als diese Hunde-Sitterin. Wenn Frau Katzenhammer nicht in der Nähe war, konnte man mit ihr nach Lust und Laune durch den Garten flitzen, sich auf dem Rasen wälzen oder um einen Stock balgen.

„Das war mal wieder todlangweilig in der Schule“, sagte Emi und kraulte Kawumm hinter den Schlappohren.
Der Welpe bellte drei Mal hoch und laut. Das hieß so viel wie: „Ich will jetzt sofort draußen toben und um die Wette rennen!“
Emi erriet, was Kawumm ihr sagen wollte.
„Dann aber schnell“, sagte sie, „bevor Mama die Hausaufgaben einfallen.“
Auf Zehenspitzen schlichen sie durch den Flur und hinaus in den Garten. Dort angekommen, begannen sie mit ihrem Lieblingsspiel: *Ha! Du kriegst mich nie im Leben!* Immer abwechselnd. Zuerst war Kawumm an der Reihe, die Flucht zu ergreifen.
„Ordne deine vier Pfoten, Kawumm!“, rief Emi.

„Auf die Plätze …“

„Fertig …“

„Los!“

Kawumm schoss um ein rechteckiges Rosenbeet, sprang über einen Buchs-

baum, der die Form eines Würfels hatte, und umrundete eine kleine Zierkirsche. Es war zum Flöhekriegen. Dieser Garten bot einfach keine vernünftigen Verstecke. Alles war zu gerade und zu ordentlich und zu gepflegt. Nirgends gab es einen Blätterhaufen oder etwas Ähnliches.

rief Emi, die ihm schon dicht auf den Fersen war.

Da schlug Kawumm
einen Haken nach links. Er jagte auf eine Hecke zu, die ihren Garten von dem der Nachbarn trennte. Sie war haushoch, meterdick und stachelig. Also absolut undurchdringlich.
Aber Kawumm hatte zwischen den Ästen ein Loch entdeckt. Er steuerte direkt darauf zu.
„Nicht“, schrie Emi dicht hinter ihm.
„Da sind Dornen! Du tust dir weh!“
Doch der Welpe wollte sich um keinen Preis fangen lassen. Die paar Dornen würde er schon überleben.

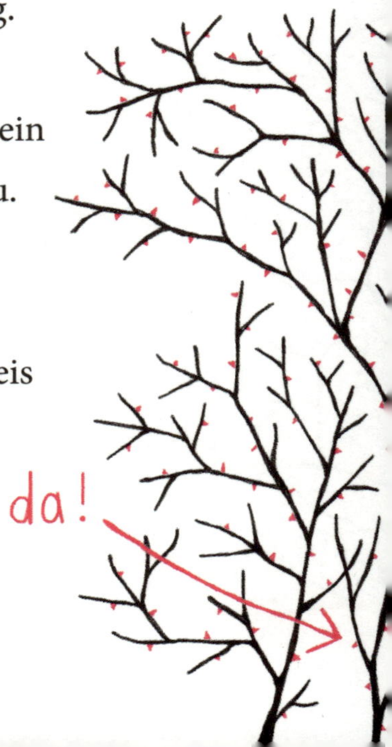

Er duckte sich und schob sich vorwärts. Als er mit dem Vorderbein tatsächlich an einen Dorn geriet, jaulte er auf. Dann biss er die Zähne aufeinander und robbte weiter. Geschafft! Er war auf der anderen Seite. Mit einem glücklichen Bellen sah er sich nach Emi um.

Er hatte gewonnen.

Gerade wollte er sich zurück zu ihr durch die Hecke kämpfen, als er hinter sich ein ziemlich merkwürdiges Gackern hörte.

Kawumm spitzte die Ohren.

Er fuhr herum.

Emi hatte sich auf der anderen Seite der Hecke auf den Boden geworfen und in das Loch hineingelangt. Aber sooft sie auch versucht hatte, es war ihr nicht gelungen, Kawumm zu packen. Er war ihr einfach entwischt.

Jetzt rappelte sie sich hoch. Es war aussichtslos. Sie selbst würde nie und nimmer durch das Loch in der Hecke krabbeln können. Dafür musste man so klein sein wie

Kawumm. Außerdem war der Nachbargarten hinter der Hecke Sperrgebiet. Absolut und strengstens verboten.

„Das sind alles gefährliche Chaoten, diese Osterbergs“, sagte Emis Mutter immer. „Eine richtige Hippie-WG. Halt dich bloß von denen fern, Emi!“

Sie hatte deshalb auch dafür gesorgt, dass Emi und Luna Osterberg nicht in dieselbe Klasse gingen.

Absolut keinen Kontakt!

hatte sie gesagt. „Sonst haben wir die ganzen Hippies ständig in unserem Garten und dann bricht das reine Chaos aus.“ Dabei hatte sie die Augen ganz schrecklich verdreht.

Doch nun war Kawumm im Garten der Osterbergs verschwunden. Und das änderte alles. Es blieb Emi nichts anderes übrig, als bei den Nachbarn zu klingeln und Kawumm zurückzuholen.

„Emi! Ee-mieee!“ Oh nein! Frau Katzenhammer stand auf der Terrasse und winkte ihr energisch zu. Emi beschloss, ihr Rufen einfach zu überhören. Doch das nützte leider nichts. Schon eilte ihre Mutter auf sie zu und klopfte auf das Smartphone in ihrer Hand.

„Dein Klavierlehrer kommt in fünf Sekunden, Kind!“, rief sie und japste. „Wasch dir die Hände und kämm dir die Haare. Hopp, hopp!“

Emi sah sich nach allen Seiten um. „Ich muss nur erst Kawumm wiederfinden. Wir spielen nämlich gerade Verstecken.“

„Verstecken?“ Frau Katzenhammer runzelte die Stirn. „Mit dem Hundebaby?“

„Ja, genau. Ich komme, wenn ich ihn gefunden habe.“ Emi hoffte, dass ihre Mutter endlich wieder ins Haus gehen würde. Sie durfte auf keinen Fall merken, dass Emi Kawumm aus dem Nachbargarten holen musste.

„Ich glaube, es hat gerade geklingelt“, sagte Emi und tat, als würde sie den Welpen hinter einem Buchsbaum suchen.
„Beeil dich!“, zischte ihre Mutter und stöckelte auf hohen Absätzen zurück zum Haus. Als sie durch die Terrassentür verschwunden war, stürmte Emi auf die Straße und zum Eingang des Nachbargartens.

Das rostige Gartentor der Osterbergs hing schief in den Angeln. Emi schob es auf. Es quietschte trommelfellzerreißend laut. Der Sandweg vor ihr schlängelte sich durch verwilderte Beete, in denen Gräser, Blumen und Brennnesseln meterhoch wucherten.
Emi ging langsam durch den Schatten hoher Bäume, die ihre knorrigen Äste weit über den Weg neigten. Dieser Garten war das absolute Gegenteil von ihrem eigenen, denn dort wuchs kein einziges kleines Kräuterchen, wo

es nicht sollte. Bei ihnen zu Hause war alles nur perfekt. Emi trat auf eine Wiese, die mit Löwenzahnblüten übersät war. Gräser strichen an ihren nackten Waden entlang. Um sie herum brummten Bienen und Hummeln. Emi lächelte. In ihrem Bauch breitete sich ein kribbeliges Sommersonnengefühl aus. Leider hatte sie keine Zeit, es zu genießen. Sie musste jetzt so schnell wie möglich Kawumm wiederfinden und nach Hause bringen, bevor ihre Mutter etwas merkte. Sonst gab es nämlich ein kräftiges Donnerwetter. Und das dauerte für gewöhnlich eine halbe Stunde oder noch länger.

Das Haus der Nachbarn stand im hinteren Teil des Gartens und sah aus, als wäre es aus lauter bunten Bauklötzen zusammengesetzt. Jeder der zahlreichen Anbauten hatte eine andere Form und Farbe. Es gab einen runden hohen Holzturm und daneben einen eckigen Erker in luftiger Höhe, der aus rostigen Eisenplatten gebaut war. Hier dienten ein paar alte Bullaugen als Fenster. Emi näherte sich dem merkwürdigen Haus.

Gerade versuchte sie, durch eine hellgrüne Scheibe in einen verschnörkelten Wintergarten zu spähen, als sie ein bellendes Gackern hörte. Oder war es ein gackerndes Bellen?

Jedenfalls klang es ein bisschen nach Kawumm.

Emi ließ den Wintergarten hinter sich und folgte dem Bell-Gackern bis hinter das verschachtelte Haus. Im Schatten eines Apfelbaumes entdeckte sie Luna. Sie hockte neben Kawumm und kraulte ihn hinter den Ohren, während der wie hypnotisiert ein … Emi blinzelte verwirrt. Tatsächlich. Kawumm starrte ein Huhn an, das im Kreis marschierte und sehr merkwürdig aussah. Es hatte keine Federn, sondern war ganz und gar aus Eisen oder Blech oder Wer weiß was gemacht. Emi war sich nicht sicher, ob es lebendig war oder so eine Art Roboter.

Luna stand auf. „Oh!“, rief sie. „Schau mal, Matilde. Erst ist uns ein kleiner Dackel zugelaufen. Und nun

auch noch das Mädchen aus dem Haus nebenan. Wenn das kein Glückstag ist.“ Sie kicherte und strich sich ein paar braune Locken aus dem Gesicht.

„Das ist kein Dackel“, brummte Emi.

„Ach so.“ Luna legte den Kopf schief. „Was ist es dann?“

„Ein spitzgedackelter Pudelwelpe. Er heißt Kawumm. Aber was ist das dort drüben?“

Emi zeigte auf das Hühner-Dings.

„Matilde“, antwortete Luna. „Mein mechanisches Huhn.“

Endlich bemerkte Kawumm Emi, die sich gerade verwundert am Kopf kratzte. Er machte einen Satz auf sie zu und sprang an ihren Beinen hoch. Emi bückte sich und tätschelte ihm den Rücken. Sie grübelte. Eigentlich wäre jetzt der Moment, Kawumm auf den Arm zu nehmen, ein kurzes Dankeschön zu murmeln und dann über die Wiese und den geschlängelten Sandweg zurück nach Hause zu gehen. Herr Hansen, der Klavierlehrer, wartete bestimmt schon ungeduldig auf sie.

Doch ihre Neugierde war größer. Sie wollte unbedingt wissen, was es mit diesem mechanischen Huhn auf sich hatte. Also räusperte sie sich und fragte: „Woher hast du das Huhn? Gab es das irgendwo zu kaufen?“

Luna prustete los.

Emi spürte, dass sie rot wurde.

Was war denn daran bitte so komisch?

Sie ballte die Fäuste. Wie sie es hasste, ausgelacht zu werden. Vielleicht hatte Mama doch recht: Diese Osterbergs waren Chaoten, die niemanden ernst nahmen.

Wie diese Luna schon aussah!

Genau wie das Haus mit den Anbauten, passte bei Lunas Kleidungsstücken nichts wirklich zueinander. Sie trug eine bunt gepunktete Strumpfhose, dazu einen karierten Rock und ein rot-lila gestreiftes T-Shirt. Außerdem steckten ihre Füße in neongrünen Gummistiefeln.

Da taten einem ja die Augen weh.

Gerade wollte Emi sich Kawumm schnappen und nach Hause marschieren, als Luna sagte: „Augustin der Erste hat Matilde gebaut." Sie lächelte und sah auf einmal doch wieder ganz nett aus. „Er denkt sich immerzu neue Sachen aus. Das mechanische Huhn sollte eigentlich eine Eierlege-Maschine werden, um diese blöden Legebatterien abzuschaffen." Sie zuckte mit den Schultern. „Aber das mechanische Huhn hat nicht richtig funktioniert. Es hat nur gegackert und gepickt und nicht ein einziges Ei gelegt. Da hat er es mir geschenkt. Weil ich mir doch immer ein Haustier gewünscht hab."

sagte Emi. Mehr fiel ihr dazu nicht ein. Sie beobachtete, wie Kawumm an dem mechanischen Huhn schnupperte und begeistert mit dem Schwanz wedelte. „Gefällt es dir?", fragte Luna. „Wollen wir tauschen?"

„Was?“ Emi starrte sie an.

„Na, Hund gegen Huhn. Fängt doch beides mit Hu an.“

Luna kicherte.

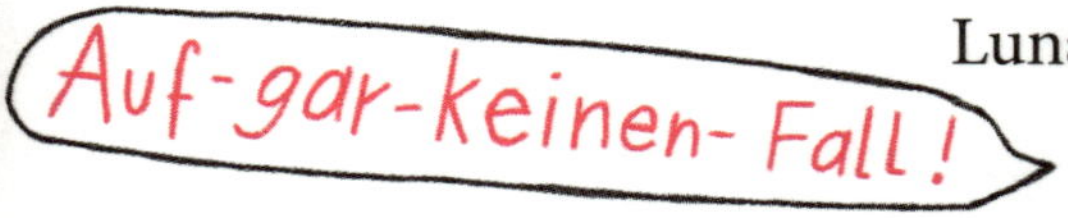

Emi war fassungslos. Wie konnte man nur so eine dämliche Frage stellen? Sie griff sich Kawumm und drückte ihn fest an ihren Bauch. Für nichts auf der Welt würde sie ihn hergeben.

„’tschuldige“, sagte Luna und schaute zur Seite. „Das war eine bekloppte Idee von mir. Es ist nur …“ Sie zog die Schultern hoch. „Ich möchte so furchtbar gerne ein richtig echtes Tier haben. Nicht eins aus Eisen und Blech, das einen Mikrochip hat und kein Herz. Wirklich sorry, ja?“

„Schon okay“, murmelte Emi. Das mit der Sehnsucht nach einem Haustier verstand sie gut. Schließlich hatte es sie jahrelange Überzeugungsarbeit gekostet, ihre Mutter dazu zu bringen, einen kleinen Hund zu adoptieren.

„Soll ich dir was zeigen?“, fragte Luna.

„Ja, gern“, antwortete Emi erleichtert. So gab es einen Grund, doch noch einen winzigen Augenblick länger zu bleiben. Luna klemmte sich das mechanische Huhn unter den Arm und führte sie um eine Hausecke. Sie zeigte auf einen Stapel Bretter und eine Werkzeugkiste. An der Wand lehnte eine Rolle Maschendraht.

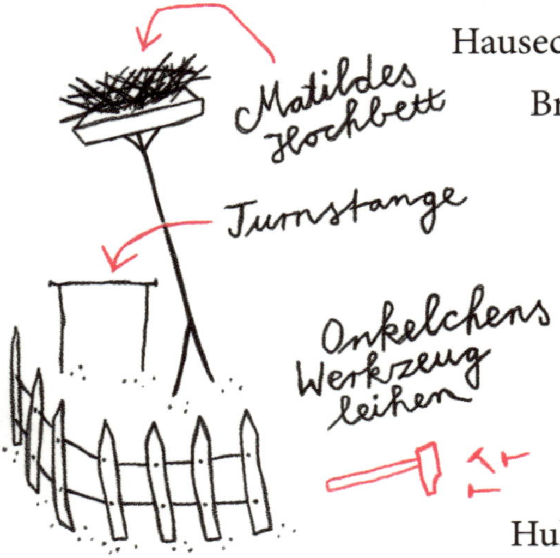

„Ich will ein Hühnerhaus bauen", erklärte sie. „Mit Freilauf."

„Für dein mechanisches Huhn?", rief Emi.

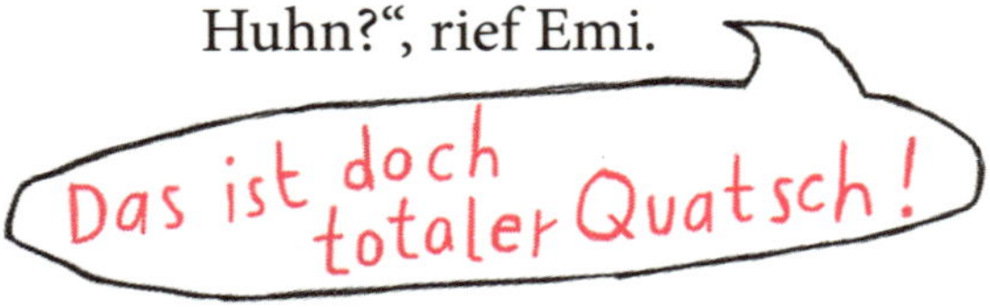

„Ja, ich weiß." Luna bohrte ihren Gummistiefel in den Sand. „Aber ich will versuchen, Matilde irgendwie lebendiger zu machen. So, dass sie ein bisschen wie ein echtes Huhn wird. Darum habe ich überlegt, wenn ich sie wie ein ganz normales Huhn behandel, dann wird sie vielleicht … nach und nach …" Sie atmete tief durch und streichelte Matildes Eisenhals. „Oder klingt das sehr verrückt?"

„Äh, ein wenig schon.“ Emi überlegte sogar, ob Luna sie nicht gerade auf den Arm nehmen wollte. Ein Stall mit Freilauf für ein Roboter-Huhn … Mannomann! Das war wirklich mehr als verrückt.

Kawumm stemmte sich gegen ihren Bauch.

Emi ließ ihn in den Sand springen.

Mit einem Satz war er bei Luna. Er wedelte mit dem Schwanz und bellte.

Das mechanische Huhn in Lunas Arm legte den Kopf schief. Es schielte Kawumm an. In Matildes Mikrochips knackte es.

„Du willst wieder mit ihr spielen, was?“ Luna lächelte und setzte das Huhn vor Kawumms Pfoten.

Der Hundewelpe bellte und sprang wild im Kreis herum. Er wollte mit dem Eisen-Huhn durch den Garten toben und um die Sträucher jagen.

Aber Matilde ließ sich von seinem Herumgehopse nicht aus der Ruhe bringen. Sie pickte nur, stolzierte herum und pickte wieder.

Emi und Luna sahen sich an und seufzten. Bis zu einem lebendigen Huhn war es noch ein langer, langer Weg.

3

„Bis zu diesem Wundermittel ist es noch ein langer Weg“, …

… murmelte
Großonkel Augustin
und rührte in einem großen Topf mit
bunten Zuckerperlen. Es waren natürlich keine richtigen Zuckerperlen. Vielmehr war es die neueste Erfindung, an der er seit Wochen tüftelte. Nur zur Vorsicht hatte er sie als Zuckerperlen getarnt.

„Was zum verzwickten Einstein fehlt denn noch?“ Er zog sein Notizbuch aus der Hosentasche und blätterte es durch. „Ich begreife nicht, warum sie absolut und total – ja, warum sie überhaupt keinerlei Wirkung zeigen.“ Er grunzte unzufrieden. Außerdem war es ihm gar nicht recht gewesen, dass Luna seine Skizzen gesehen hatte.

Die ganze Sache war ihm nämlich ein wenig peinlich. Großonkel Augustin fand sich zu alt. Wann immer er in

den Spiegel blickte, erschrak er vor sich selbst.
All die Falten im Gesicht …
Das dünne weiße Haar …
Das Spiegelbild konnte nur ein fürchterlicher Irrtum sein. Denn tief drinnen fühlte er sich jung, jung, jung!

Es konnte doch nicht so schwer sein, ein simples, einfaches Verjüngungsmittel zu erfinden. Schon gar nicht für ihn, den genialen Entdecker und Erfinder Augustin Osterberg.
Wenn es ihm gelang, würde er sich in einen jungen Mann verwandeln. In einen jungen Mann mit dem Wissen und Erfahrungsschatz eines alten Erfinders und Entdeckers.
Ein junger Augustin der Erste, dem die Welt offenstand.
Es musste einfach funktionieren.
Er steckte die Hände in die Hosentaschen und wippte auf den Absätzen.

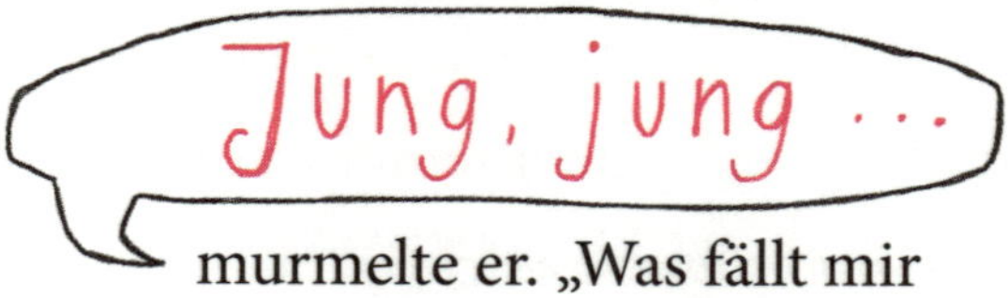

murmelte er. „Was fällt mir denn alles zu jung ein? Hm, hm. Jungsteinzeit.

Nee, das hilft nicht weiter. Wie wäre es mit Junggeselle?“ Er schüttelte den Kopf. „Nein. Das fällt auch weg. Ein Junggeselle kann man theoretisch auch sein, wenn man uralt ist. Jung … Jung …“ Er riss die Hände aus den Hosentaschen und klatschte sie zusammen. „Jetzt hab ich's! Ja, natürlich. Warum bin ich nicht gleich darauf gekommen? Ein Jungbrunnen! So einen hat es mal im Mittelalter gegeben. Ich brauche natürlich das Wasser dieses Brunnens als Zutat. Das geht ja gar nicht anders.“ Er lächelte zufrieden, doch gleich nahm sein Gesicht wieder einen fragenden Ausdruck an. „Aber woraus besteht dieses Wasser? Wie kann ich es herstellen?“

!!!

Es half nichts.

Er musste seinen Computer befragen.

← Wunder der augustinischen Technik

Auch wenn der immer so schrecklich nervte.

Problem der augustinischen Technik … →

Augustin der Erste atmete tief durch. Er drehte den Schirm seiner Kappe nach vorne, räusperte sich und sagte vorsichtig:

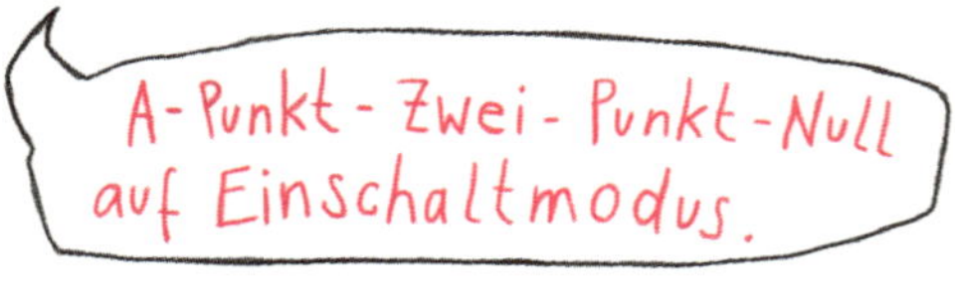

Mit einem Surren verlängerte sich der Schirm auf das Doppelte und das Display schaltete sich ein. Vor Großonkel Augustins Augen erschien eine Landkarte mit seinem derzeitigen Standort, der mit einem hektisch rot leuchtenden Punkt markiert war. Aus den Seiten der Cap fuhren Kopfhörer, die sich über seine Ohren legten. Schon dröhnte A.2.0 los:

„Guten Tag Augustin Osterberg. Es ist exakt 14 Uhr 21 Minuten und 13 Sekunden. Ihr Alter beträgt in diesem Augenblick 589.268 Stunden, 43 Minuten und 22 Sekunden. Sie befinden sich in Ihrem Entwicklungs-Labor."

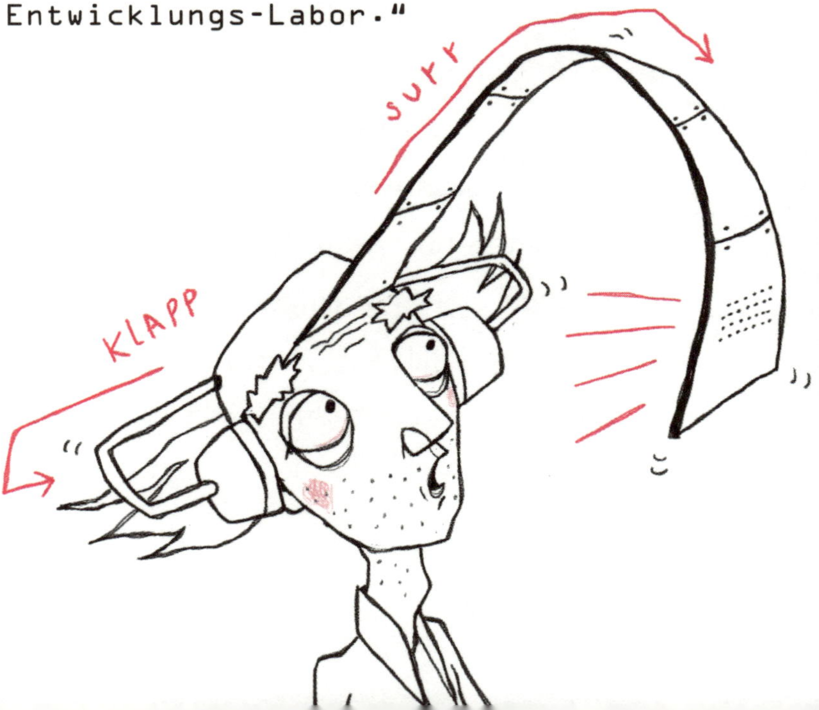

Das Bild auf dem Schirm wechselte und zeigte eine Wetterkarte. „Die Wetterlage“, fuhr der Computer fort. „Das Azorenhoch über Mitteleuropa verlagert sich derzeit ...“

unterbrach Augustin ihn. „Ich will gar nicht wissen, wie das Wetter wird.“

„Verstanden“, antwortete A.2.0. „Auch, wenn das Wetter natürlich erhebliche Einflüsse auf elektromagnetische Schwingungen und das menschliche Immunsystem hat. Dann wechseln wir eben zum Kalender. Heute sind keine Termine vermerkt. In drei Tagen wird es Zeit, einen Termin für die Vorsorge bei Ihrem Zahnarzt ...“

knurrte Augustin. „Hör mir zu und beantworte nur die folgende Frage.“

„Die folgende Frage“, wiederholte der Computer und klang eine Spur eingeschnappt.

„Aus welchen Zutaten ...“, begann der Erfinder.

„Aus welchen Zutaten ...“, leierte der Computer.

„Besteht das Wasser des …“, fuhr Augustin fort.
„Besteht das Wasser des ...“, sprach der Computer nach.
„Uaah, du machst mich wahnsinnig!“, polterte Augustin.
„Uaah, du machst ...“, wollte der Computer nachsprechen, doch da riss sich der Erfinder die Kappe vom Kopf, knallte sie auf den Arbeitstisch und brüllte: „Du analysiert jetzt sofort die Zusammensetzung des Wassers dieses dreimal verdingsten Wunschbrunnens. Kein blödes Wiederhole und kein dämliches Nachgefrage mehr. Ist das klar?“
Aus der Kappe, die zerknautscht auf dem Tisch lag, kam ein unverständliches und sehr beleidigtes Grummeln.

Im gleichen Moment räusperte sich Emi unten im Garten.

„Wir könnten den Hühnerstall gemeinsam bauen“, schlug sie vor und atmete tief durch. Sie sah Luna unsicher an und fügte hinzu: „Also, natürlich nur, wenn du das willst.“
Lunas Herz schlug einen Salto. Und ob sie das wollte!

Als Emi und ihre Mutter vor drei Jahren in das Haus nebenan gezogen waren, hatte sie ein paar Mal bei den neuen Nachbarn geklingelt und nach Emi gefragt. Frau Katzenhammer hatte sie jedes Mal schweigend von oben bis unten gemustert.

Lüge!!!

„Meine Tochter hat keine Zeit“, hatte sie dann behauptet. „Und sie wird auch in den nächsten Wochen und Monaten keine Zeit haben. Tut mir leid.“

Lüge!!!

Es tat ihr überhaupt nicht leid, da war sich Luna sicher. Sie verstand einfach nicht, was Emis Mutter gegen sie hatte. Frau Katzenhammer unterrichtete an ihrer Schule Mathematik und Musik. Deshalb hatte Luna sich noch nicht getraut, Emi auf dem Schulhof anzusprechen. Immer hatte sie das Gefühl, von Frau Katzenhammer beobachtet zu werden. Wahrscheinlich würde die, sobald Luna es nur versuchte, aus einem Gebüsch stürzen und Emi von ihr wegzerren.

In eine so peinliche Situation wollte Luna auf keinen Fall geraten.

„Äh, oder willst du das nicht?“, fragte Emi unsicher.

Luna hatte bis jetzt kein Wort gesagt und sie nur die ganze Zeit angestarrt.

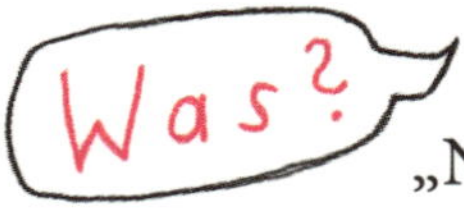

Luna blinzelte.

„Na, dass ich dir helfe mit dem Hühnerstall.“

Emi zog die Schultern hoch und rechnete schon mit einer Abfuhr.

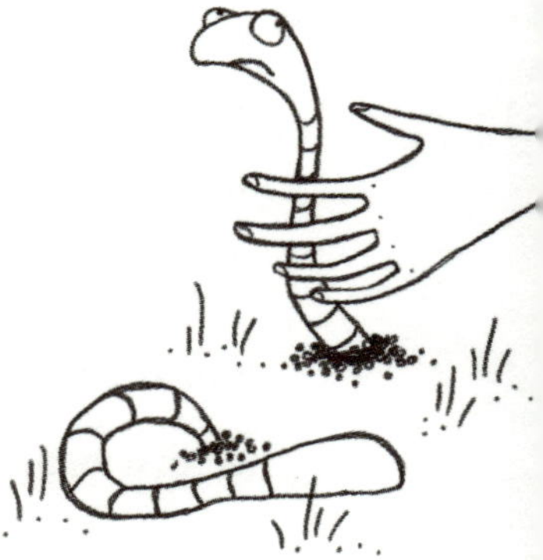

„Natürlich möchte ich das!“, rief Luna.

„Das wäre genial.“

„Wir könnten auch zusammen versuchen“, sagte Emi erleichtert, „Matilde lebendiger zu machen. Zum Beispiel können wir Regenwürmer suchen und ihr dann vor den Schnabel halten.“

„Au ja!“ Luna nickte heftig. „Gleich morgen buddeln wir massenhaft Regenwürmer aus.“

Emi lachte über das ganze Gesicht und Luna machte vor Freude einen zweifachen Handstand-Überschlag.

Als Emi das Gartentor öffnete, hörte sie Klaviermusik aus dem Haus dringen. Ihre Mutter riss die Haustür auf. Ihr Blick war stockfinster.
„Emi Katzenhammer!“, fauchte sie. „Warum kommst du erst jetzt? Herr Hansen …“ Sie verdrehte die Augen. „Er nervt mich seit exakt 34 ½ Minuten mit dramatischen Wagner-Sonaten.“

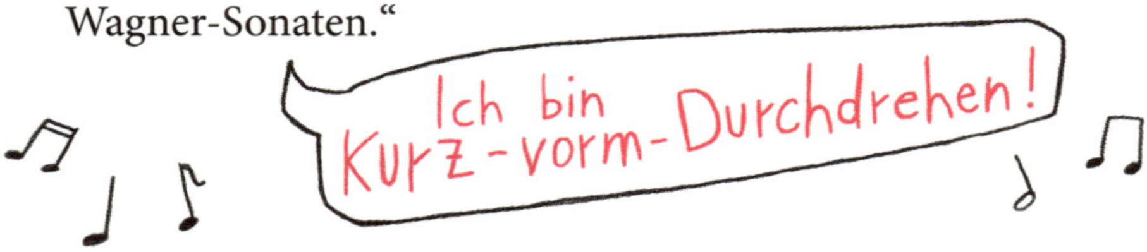

Während Emi unter den Argus-Ohren des Klavierlehrers Tonleitern spielte, lag Kawumm auf dem Wollteppich im Kinderzimmer und sah fern. Auf dem Tierkanal lief etwas absolut Faszinierendes. Ein Hunderennen. Gerade traten fünf Windhunde gegeneinander an. Unter allen Hunderassen seien sie die schnellsten, behauptete eine Reporter-Stimme. Die allerschnellsten.
Kawumm sprang auf seine vier Pfoten. Er bellte den Flachbildschirm an. Was dort gerade passierte, war sein großer Traum. Mit anderen Hunden um die Wette rennen. Schneller sein als alle anderen. Der weltbeste

Rennhund wollte er werden. Nur leider war er ein spitzgedackelter Pudelwelpe und kein Windhund.
Da half nur üben.
Immer und immer wieder.
Schade, dass das Huhn aus Eisen nicht mit ihm trainieren wollte. Zu zweit wäre es viel spannender. Aber Kawumm würde nicht lockerlassen.
Der Welpe machte einen Satz auf den Fernseher zu und drückte seine Nase gegen den Bildschirm. Komischerweise konnte er nicht das kleinste bisschen Hundegeruch erschnuppern. In diesem Augenblick öffneten sich die Klappen der Startboxen. Kawumm machte einen Satz zurück und wedelte mit dem Schwanz. Die Hunde schossen heraus. Ihre Ohren flogen nach hinten. Kawumm kläffte laut.

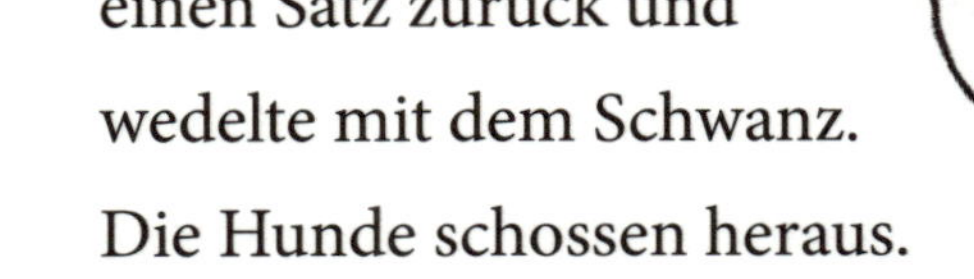

schimpfte Herr Hansen durch die geschlossene Tür.

Der Reporter berichtete mit gehetzter Stimme, dass ein schwarzer Hund namens Zamiro vom Schattenberg an seinen Mitstreitern vorbeizog und sich an die Spitze setzte.

Kawumm bellte in den höchsten Tönen und feuerte ihn an.

Als Zamiro als Erster ins Ziel stürzte, stieß der Welpe ein jubelndes Jaulen aus.

Was für Muskeln er hatte, dieser Windhund.

Und was für ein Held er war.

!!! So wie Zamiro wollte Kawumm sein. !!!

Ganz-genau-SO!

Plötzlich gab es einen Tür-ins-Schloss-Fall-Knall.

Zwei Sekunden später schob Emi sich ins Kinderzimmer.

„Jetzt hast du den Hansen vergrault“, sagte sie und kniete sich neben Kawumm auf den Teppich. Sie wuschelte ihm durch das Fell und flüsterte „Du bist ein toller Hund, weißt du das eigentlich?“ in sein linkes Schlappohr.

4

Der nächste Tag war ein Samstag.

Das war in der Familie Katzenhammer stets der Haushalts-, Einkaufs-, Putz- und Organisationstag. Frau Katzenhammer verlangte immer vollen Einsatz. Sie ließ nicht einmal Halsschmerzen und Ohrensausen gelten, wenn es um die Haushaltspflichten ging.

Emi hasste Samstage. Gleich nach dem Frühstück ging es mit ihrer Mutter zum Großeinkauf, der mindestens zwei Stunden dauerte. Nachdem sie mit vier großen Kisten voller Lebensmittel, Waschpulver und Klopapier zurückkehrten, sollte Emi helfen, den Keller aufzuräumen.

Die ganze Zeit über dachte sie nur an Luna und ihr mechanisches Huhn. Sie musste ihrer Mutter irgendwie entwischen.

Kawumm saß auf der Fensterbank und blickte sehnsüchtig zum Nachbargarten hinüber. Er winselte leise. Im Vorbeigehen streichelte Emi ihm den Rücken.
„Ich find schon einen Weg“, flüsterte sie ihm zu.
„Emi, wo bleibst du denn?“, rief Frau Katzenhammer aus dem Keller. „Bring ein paar Müllsäcke mit runter. Hier ist so viel Kram, der wegkann.“
Der Welpe winselte lauter. Da wusste Emi, wie sie es anstellen musste. Sie nahm Kawumm auf den Arm, lief zur Kellertür und rief nach unten: „Der Hund muss mal. Ich gehe mit ihm Gassi.“
Ein ungeduldiges Seufzen antwortete ihr.
„Beeil dich!“, schickte ihre Mutter ihr hinterher.
„Oh ja, das tu ich“, murmelte Emi und schlüpfte in ihre Ballerinas. „Aber auch nur, um von hier wegzukommen.“
Keller aufräumen. Sie verdrehte die Augen. An einem so sonnigen Sommertag konnte sie sich echt was Schöneres vorstellen.

Samstags schliefen die Osterbergs immer so lange, bis sie von ihren knurrenden Mägen geweckt wurden. Nur einer von ihnen war an diesem besonderen Samstag schon früh auf den Beinen. Das heißt, er war noch auf den Beinen. Die ganze Nacht über hatte Großonkel Augustin an seiner Erfindung gearbeitet. Das Verjüngungsmittel stand kurz vor der Vollendung. Er brannte darauf, es auszuprobieren. Gegen Mittag sollte es endlich so weit sein. Vergnügt rieb er sich die Hände.

Währenddessen drehte Luna Osterberg sich von einer auf die andere Seite. Mit geschlossenen Augen tastete sie nach der Bettdecke und zog sie sich über die Schultern. Ausschlafen war etwas Herrliches. Luna liebte Sams- und Sonntage.

Da ertönte ein merkwürdiges Geräusch, das jetzt schon zum dritten Mal ihre Träume störte. Luna grübelte, woher in aller Welt dieses grässliche Quietschen und Knallen kommen konnte. Doch ihr fiel nichts ein, das zu den Tönen passte. Ob

Schepper

Schepper

Schepper

Großonkel Augustin ein Stockwerk über ihr gerade eine seiner merkwürdigen Erfindungen ausprobierte? Hoffentlich war es nicht diese Zeitmaschine. Dann würde sie, Luna Osterberg, jedenfalls nicht damit verreisen wollen. Dazu klang es viel zu schepperig und gefährlich. Das Quietschen und Knallen wurde immer lauter. Es näherte sich, bis es direkt vor ihrem Zimmer zu sein schien. Luna fuhr hoch. Sie starrte ihre Tür an, die sich in diesem Moment öffnete. Dort stand ihr schwankender Zwillingsbruder Jaromir und hielt sich am Türrahmen fest. Er schaukelte auf seltsamen Metallspiralen hin und her, die er unter den Schuhsohlen befestigt hatte.

Was soll das werden? fragte Luna.

„Eine neue Zirkusnummer", sagte er. „Damit nehmen sie mich bestimmt."

Jaromir träumte davon, ein berühmter Artist zu werden und mit einem großen Zirkus um die Welt zu reisen. Dafür dachte er sich immer wieder die verrücktesten Kunststücke aus.

„Und darum weckst du mich?" Luna gähnte und ließ sich zurück auf ihr Kopfkissen fallen.

„Nee, ich wecke dich, weil da unten im Garten Emi von nebenan mit einem kleinen Hund steht. Ich habe sie durch das Küchenfenster gesehen. Will die vielleicht zu dir?“

Luna fuhr wieder hoch.

„Echt?“ Sie sprang aus dem Bett. „Lass mich durch!“

Sie schnappte sich Matilde, die in einem Körbchen neben dem Bett vor sich hin döste. Das mechanische Huhn bekam vor Schreck einen elektronischen Schluckauf. Bei jedem Hickser floss durch Matildes Mikrochips eine Überdosis Strom. In ihrem Kopf knatterte es und knackte.

Luna bemerkte nichts davon. Sie zwängte sich an Jaromir vorbei in den Flur. Mit drei Schritten war sie an der Treppe, rutschte den Handlauf hinab, zog beim Durchqueren der Diele eine Strickjacke über und sprang ins Freie.

Direkt vor ihr stand Emi, die gerade nach dem Klingelknopf Ausschau hielt.

sagte Luna.

„Hi", sagte Emi und setzte Kawumm auf die Erde. In diesem Augenblick hüpfte Jaromir auf seinen rostigen Sprungfedern aus der Tür.

„Guckt mal!", rief er. „Ich komme damit mindestens zwei Meter hoch. Salto schlagen kann ich auch schon."

„Lass das lieber, Jaro!", sagte Luna. „Sonst müssen wir dich wieder aus einem …"

Was auch immer sie hatte rufen wollen, es war zu spät. Jaromir hatte hüpfend Anlauf genommen, war abgesprungen und kopfüber in den Johannisbeersträuchern gelandet. Luna seufzte und warf Emi einen augenrollenden Blick zu.

Die Glastür des Wintergartens flog auf. Lunas Tante Fee rauschte mit wehenden Haaren an ihnen vorbei. Ein meterlanger Seidenschal flatterte hinter ihr her. Mit einer Plastikschüssel in der Hand stürzte

sie auf die Johannisbeersträucher zu.
Sie schien in schrecklicher Sorge um Jaromir zu sein.
„Du zerquetschst mir alle!“, jammerte sie und begann, um Lunas zappelnden Bruder herum die kleinen roten Beeren abzupflücken. „Dabei erschaffe ich in diesem Augenblick eine wunderbare, dreistöckige Johannisbeer-Sahnetorten-Kreation.“
„Tante Fee macht gerade auf Tortenbäckerin“, flüsterte Luna. „Sie wechselt jeden zweiten Monat ihren Beruf. Und im Moment backt sie Torten ohne Ende. Sie will damit reich und berühmt werden, sagt sie.“
„So helft mir doch, die Beeren zu retten!“, rief Lunas Tante. Sie zerrte an ihrer grellbunten Bluse, die sich in den Zweigen verfangen hatte. Lunas Bruder fluchte leise und zappelte mit den Beinen. Er schien ebenfalls in den Sträuchern festzuhängen.
„Vielleicht sollten wir lieber Jaromir retten“, schlug Emi vor. „Allein scheint er da jedenfalls nicht rauszukommen.“
„Erst die Beeren. Dann der Neffe“, sagte Tante Fee streng.

Auch Luna winkte ab.

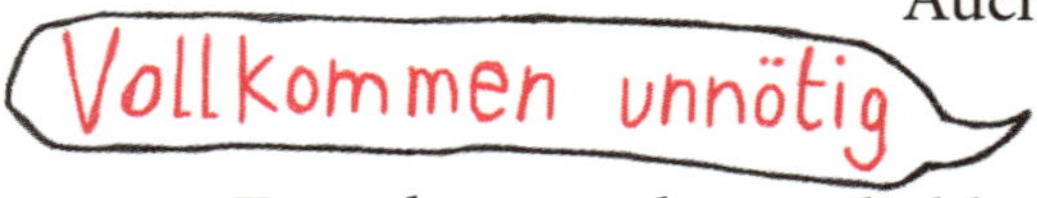

sagte sie. „Das wird Tante Fee schon machen, sobald sie alle Johannisbeeren in Sicherheit gebracht hat.“

„Wie fandet ihr das Kunststück?“, rief Jaromir aus den Sträuchern heraus.

„Gar nicht so schlecht“, erwiderte Luna. „Aber du solltest noch ein wenig daran feilen.“ Sie grinste.

„Komm“, sagte sie zu Emi. „Wir gehen nach hinten auf die Wiese. Da haben wir unsere Ruhe.“ Kawumm umsprang ihre Beine und bellte. Er wollte mit dem mechanischen Huhn spielen, das Luna noch im Arm hielt.

Bei der Wiese angekommen, setzte Luna es endlich ins Gras.

Kawumm kläffte begeistert. Das Huhn guckte ihn an und machte einen letzten Schluckauf-Hickser. Ansonsten rührte es sich nicht. Kawumm rannte im wilden Zickzack um Matilde herum. Er wollte mit ihr toben, spielen, um die Wette rennen. Begriff sie das denn nicht?

!!! In Matildes Mikrochips entstand zum ersten Mal ein Gedanke. Sie überlegte, wie es wohl wäre, ein lebendiger Hund wie Kawumm zu sein. Auf vier Pfoten ließ es sich bestimmt viel schneller laufen. Dann könnte sie wie er hin und her flitzen, Stöckchen holen und an Beinen hochspringen. Die Möglichkeiten eines mechanischen Huhns waren dagegen ziemlich begrenzt.

Sie gluckte leise und traurig vor sich hin.

Kawumm sprang auf sie zu und leckte ihr einmal quer über den Eisenkopf.

Da machte es bei Matilde Klick.

Sie schüttelte sich.

Sie legte den Kopf schief.

Sie plinkerte mit den Augen.

Ein merkwürdiges Kribbeln wanderte ihr von den Füßen die dünnen Beine hoch. Sie bog die Zehen-Krallen hoch und wieder runter. Sie tippelte auf der Stelle. Und dann preschte sie los.

Vorbei an dem verblüfften Kawumm. Vorbei an Emi und Luna. Einmal um das Haus herum. Und ein zweites Mal um das Haus herum. Endlich erwachte Kawumm aus seiner Erstarrung. Er ließ ein begeistertes Bellen hören und setzte ihr nach. Zwar schrie Emi, er solle auf der Stelle zurückkommen, doch darauf hörte er nicht. In ihm war gerade der weltbeste Rennhund erwacht.

Doch auch das mechanische Huhn war sagenhaft schnell. Er sah nur noch eine Staubwolke, die sich immer weiter von ihm entfernte.

Und dann war Matilde verschwunden. Kawumm steckte die Nase in den Sand. Er schnüffelte, bis er auf die metallisch riechende Fährte traf.

Das mechanische Huhn witschte durch den langen Hausflur. Zum ersten Mal, seit elektrischer Strom durch ihre Eisenglieder floss, fühlte Matilde etwas wie kribbelnde Freude. Sie blieb stehen, gackerte glücklich und drehte sich nach dem nicht mechanischen Hund um. Von Kawumm war nichts zu sehen und nichts zu hören. Bestimmt hatte sie ihn ausgetrickst. Doch plötzlich schoss der Welpe um die Ecke. Er bellte entzückt, als er Matilde entdeckte.

Verflixt. Nix wie weg.

Sie fuhr herum und stob auf eine rostige Wendeltreppe zu. Mit flatternden Eisenflügeln erklomm sie die Stufen. Oben angekommen quetschte sie sich durch den Spalt einer angelehnten Tür.

Augustin war gerade dabei, in der Schüssel mit den neu angemischten Zuckerperlen zu rühren. Er stand kurz vor dem Selbstversuch. Sein Computer hatte ihm mürrisch die Zusammensetzung des legendären Brunnenwassers aufgesagt und ausgedruckt. Sofort war Augustin der Erste mit der Liste an Zutaten in sein Chemielabor geeilt.

War ihm die Erfindung nun gelungen, würde er nicht nur um Jahrzehnte jünger sein. Er wäre außerdem ein

reicher Mann, denn die Verjüngungsperlen würden sich garantiert verkaufen wie verrückt. Matti und Gwenda würden jubeln. Sie waren Lunas Eltern und sorgten für den Vertrieb seiner Erfindungen. In dem hölzernen Turm, der an das Haus der Osterbergs angebaut war, hatten sie ihr Verkaufsbüro untergebracht. Dort telefonierten sie, gestalteten Werbeprospekte, nahmen am Computer Bestellungen entgegen und packten Pakete.

Die Verjüngungspillen würden ein Verkaufsschlager werden. Jeden Tag müssten Gwenda und Matti Päckchen mit den Wunderperlen in

die ganze Welt verschicken. Alle Geldsorgen wären für immer und ewig Vergangenheit.

Augustin der Erste hing seinen Träumen nach und seufzte.

Er seufzte und rührte.

Er rührte und seufzte.

Er seufzte und …

Die Zuckerperlen sprangen über den Fußboden, kullerten in Ritzen, rollten unter das Sofa und hüpften die Wendeltreppe hinab.

Großonkel Augustin raufte sich die Haare.

„Beim verzwickten Einstein“, jammerte er. „Meine Wunderperlen. Meine genialste Erfindung aller Zeiten. Mein Leben.“ Er hielt inne und rieb sich das Kinn. „Nun ja, mein Leben ist vielleicht ein wenig übertrieben. Aber trotzdem …“ Er fuhr fort, sich die Haare zu raufen, und stampfte zweimal mit dem Fuß auf.

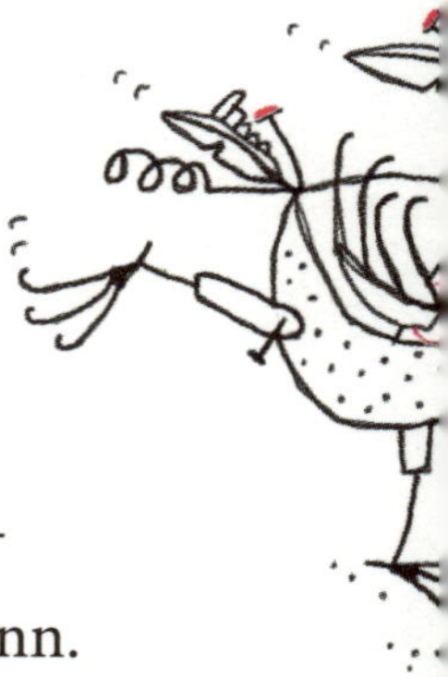

„Elende Unglücksamseln!“ Er fiel auf die Knie und begann, die Zuckerperlen einzusammeln. Dabei klagte und zeterte er ohne Punkt und Komma.

Das mechanische Huhn pirschte sich an ihn heran. Es legte den Kopf schief und gackerte leise. Kawumm dagegen steckte noch im Geschwindigkeitsrausch. Er sprang um sie herum, bellte und versuchte, Matilde zum Weiterrennen zu bewegen. Doch die hatte gerade etwas Spannendes entdeckt. Was waren das für bunte Kügelchen, die überall herumlagen? Waren das Futterkörner speziell für mechanische Hühner? Sie pickte ein pinkes, hob den Kopf und ließ es den Hals hinunterrutschen. Kawumm tat es ihr nach und schleckte gleich zwei blaue Zuckerperlen in sich hinein.

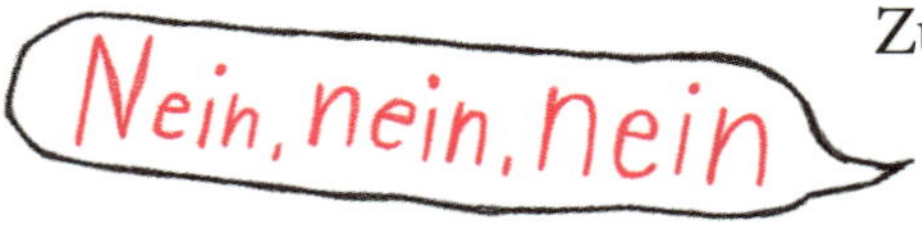

rief Lunas Großonkel. Er riss Matilde hoch, drehte sie herum und hielt sie kopfüber an den Beinen fest. Mit aller Kraft versuchte er, die Zuckerperle aus ihr herauszuschütteln.

Das wiederum empörte Kawumm.

Er knurrte, schnappte nach Augustins Hosenbein und biss sich fest.

Doch da gab es plötzlich einen lauten Knall. Großonkel Augustin riss die Augen auf.
Eine grellpinke Rauchwolke breitete sich aus und hüllte sie von Kopf bis Fuß oder Pfote ein. Kawumm ließ den Hosenaufschlag los und Großonkel Augustin musste husten. Seine Ohren summten. Da merkte er, dass sich Matildes Beine, die er immer noch umklammert hielt, komisch anfühlten.
Dicker als sonst. Und fellig.
Er wedelte den rosafarbenen Rauch vor seiner Nase fort und blinzelte angestrengt in den Nebel.
„Zum Donner!“, rief er und stolperte einen Schritt rückwärts. Es war kein mechanisches Huhn mehr, das dort kopfüber hing … sondern ein kleiner Hund. Und der sah exakt so aus, als wäre er der Zwillingswelpe von dem anderen. In diesem Augenblick knallte es ein zweites Mal.

Nun war es hellblauer Rauch, der Großonkel Augustin husten und keuchen ließ. Als der Nebel sich verzog, saß nicht Kawumm vor ihm auf dem Boden, sondern ein ziemlich großer Windhund mit langem, samtigem hellbraunem Fellhaar. Vor Schreck ließ Augustin Matilde fallen.

Sie fiel auf ihre vier Pfoten. Verwundert schaute sie an sich hinab. Fell statt Eisen. Vier Beine statt zwei. Und wenn sie schielte, sah sie keinen Schnabel, sondern eine Hundeschnauze. Sie wollte ein erstauntes Gackern von sich geben, doch stattdessen begann sie zu winseln. Erschrocken hielt sie inne. Sie sah sich nach Kawumm um. Aber der war verschwunden. Dort stand nur ein riesiger Hund, den sie noch nie zuvor gesehen hatte. Er hatte langes Fell und noch längere Schlappohren.

Sie geriet in Panik und wollte die Flucht ergreifen, doch ihre vier Beine verhedderten sich und sie kam nicht

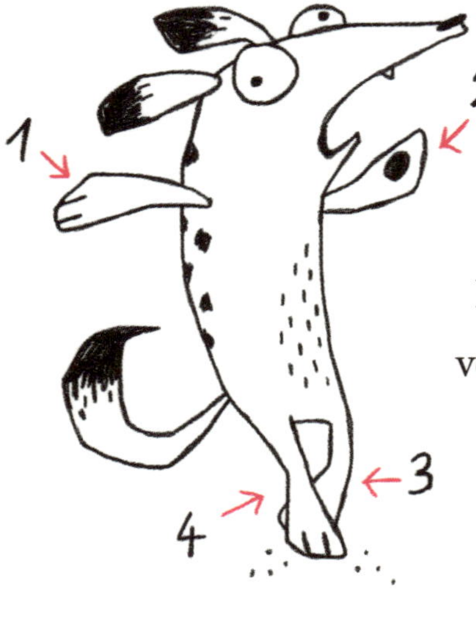

vorwärts. Ihr war nicht klar, wie man statt zwei gleich vier Beine auf einmal bewegen sollte. So blieb sie einfach stehen und wartete ab, was passieren würde. Ihr Blick blieb an dem Erfinder hängen, der sie einst konstruiert hatte. Bestimmt wusste er Rat.

Großonkel Augustin sah sich die Bescherung an und kratzte sich am Hinterkopf. Etwas wirklich Merkwürdiges war geschehen. Das mechanische Huhn hatte sich offensichtlich in den Welpen verwandelt. Und der Welpe war jetzt ein ausgewachsener Windhund.
„Aber warum?“, murmelte er. „Die Verjüngungspillen machen nicht jung, sondern sie verwandeln in eine andere Gestalt. Das verstehe ich nicht.“ Mit zwei großen Schritten war er bei seinem Schreibtisch und durchwühlte die Aufzeichnungen. Er kritzelte, schrieb und rechnete.
Dabei vergaß er alles um sich herum.
Kawumm und Matilde.
Und auch die verstreuten Zuckerperlen.

5

Emi und Luna liefen einmal um das Haus herum …

… und dann kreuz und quer durch den Garten. Hund und Huhn waren wie vom Erdboden verschluckt.

„Wo können sie nur sein?“, rief Emi. Sie blieb keuchend stehen und lehnte sich an den Stamm eines Apfelbaumes.

Luna ließ sich neben sie ins Gras fallen. Sie streckte Arme und Beine von sich und schaute in den Himmel. „Wetten, die sind im Haus“, sagte sie und zupfte an einem Grashalm.

Emi schlug sich an die Stirn. „Logisch, da waren wir noch nicht. Komm, Luna!“ Sie stieß sich vom Baumstamm ab. „Wir müssen uns beeilen. Kawumm und ich müssen nämlich dringend nach Hause. Sonst kommt meine Mutter noch auf die Idee, uns hier zu suchen.“

Luna rappelte sich hoch.

„Okay“, rief sie. „Auf geht's.“
Sie liefen auf das Haus zu und stürmten durch die offene Tür in den Flur. Fast wären sie über Lunas kleinen Bruder Augustin gestolpert, der auf dem Boden hockte und versuchte, Staubkörnchen zu fangen.
„Hey, was machst du denn hier?“ Luna kniete sich neben Augustin den Zweiten und wuschelte ihm durch das spärliche Haar. „Bist wohl Matti und Gwenda entwischt, hm?“

„Da!“, rief Augustin und zeigte aufgeregt auf Staubkörner, die durch die Luft wirbelten. „Dodel, dodel.“
„Dodel, dodel?“, wiederholte Emi. „Was soll das denn heißen?“
„Ach.“ Luna kicherte. „So nennt er jedes Ding, wofür er das Wort noch nicht kennt. Also so ziemlich alles. Ich muss ihn zu meinen Eltern bringen. Kommst du mit?“
Emi nickte, auch wenn die Zeit eigentlich drängte. Luna stand auf und nahm Augustin auf den Arm. Sie schob eine Tür neben ihnen auf und Emi folgte ihr in

einen runden Raum. Auf mehreren Tischen stapelten sich Aktenordner und Papiere neben Computerbildschirmen. In den Regalen standen und lagen Reisekoffer, Regenschirme und Quietscheentchen, aber auch merkwürdige Dinge und Geräte, die Emi noch nie zuvor gesehen hat. Und auf dem Boden türmten sich meterhoch Pappkartons in allen Größen.

„Ich hab was gefunden!", rief Luna in das Chaos hinein. „Und zwar auf dem Boden im Flur. Wollt ihr wissen, was?"

„Nö. Nicht unbedingt", kam es ziemlich gelassen von irgendwo hinten links. Das konnte nur Lunas Vater gewesen sein, doch so viel Emi auch den Hals reckte, sie konnte ihn nicht entdecken.

„Vielleicht Wollmäuse?", schlug eine Frauenstimme von hinten rechts vor.

„Oder Kaugummipapier?"

„Falsch geraten", sagte Luna.

„Dodel, dodel", rief der kleine Augustin und strampelte wild mit den Beinen.

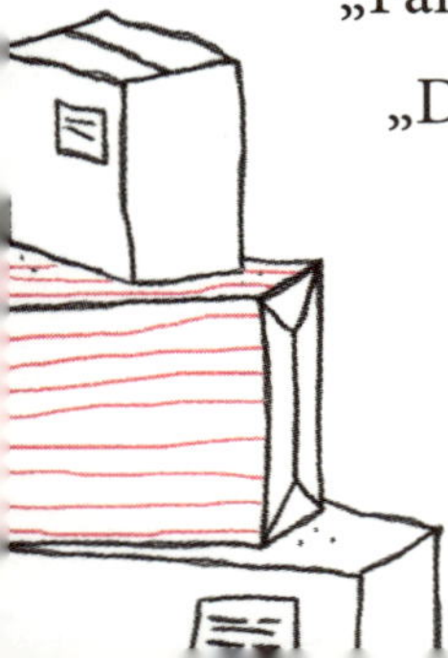

Ach, ein Dodel, dodel! Ein schlaksiger Mann mit zerzausten Haaren trat hinter einem Papp-karton-Turm hervor. „Na, her damit. Ich wollte schon immer ein Dodel, dodel haben."

Luna ließ ihren Bruder auf den Boden herunter und der wackelte freudestrahlend auf den Mann zu.

„Das ist Matti", sagte Luna. „Mein Paps. Und dort …"

Sie fasste Emi am Arm und zog sie ein Stück weiter auf einen Schreibtisch zu. Hinter einem Computerbild-schirm saß eine Frau mit lockigen Haaren. „Das ist Gwenda. Meine Mams."

Emi sagte „Hallo" und nannte ihren Namen.

„Hi", sagte Matti und hob kurz die Hand.

„Willkommen", sagte Gwenda.

„Emi wohnt im Nachbarhaus", erklärte Luna. „Sie geht in meine Parallelklasse. So, wir müssen jetzt weiter und ihren Hund suchen."

„Alles klar", sagte Matti.

„Aber nehmt unseren kleinen Dodel, dodel mit. Wetten,

der findet den Hund sofort? Er liebt Hunde.“
„Wauwau“, jubelte Augustin und klatschte in die Hände.
„Mann, muss das denn sein?“, jammerte Luna.
„Jepp“, lautete Mattis knappe Antwort.
„Wir haben viel zu tun“, fügte Gwenda hinzu. „Über zwanzig sprechende Quietscheentchen müssen heute verschickt werden. Dazu fünf ferngesteuerte Rollkoffer. Und bald schon müsste der Paketdienst kommen.“ Sie rang die Hände. „Dann noch die ganze Büroarbeit, die gleich danach erledigt werden muss. Ich weiß echt nicht, wo mir der Kopf steht.“
Luna murmelte ein lang gezogenes „Na gut“ und nahm ihren kleinen Bruder an die Hand.

Sie gingen zurück in den langen Hausflur.

rief Emi. „Wo steckst du?“
rief Luna.
„Dodel, dodel?“, rief Augustin der Zweite. Luna lachte. Da ihr kleiner Bruder noch nicht besonders gut laufen konnte, nahm

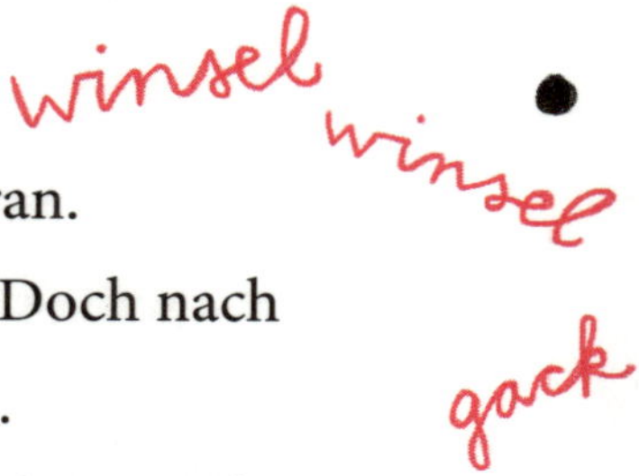

sie ihn wieder auf den Arm und ging voran.
„Kommt, wir sehen in der Küche nach." Doch nach ein paar Schritten blieb sie erneut stehen.
„Was ist das denn?" Sie zeigte auf den Boden vor ihren Füßen. Er war übersät mit Zuckerperlen.
Solche, wie man sie auf Jahrmärkten in durchsichtigen Plastikstangen mit klackernden Rädchen kaufen konnte. Oder die es im Supermarkt in kleinen, niedlichen Babyfläschchen gab.

„Die muss Tante Fee verloren haben", seufzte Luna. „So was nimmt die bestimmt als Deko für ihre Sahnetorten."
„Dodel, dodel!", rief ihr kleiner Bruder und warf sich in Lunas Armen nach vorne. Seine Händchen griffen gierig nach den Zuckerperlen.
„Nix da!" Luna fing seine Hände ein. „Gwenda will nicht, dass du solchen Zuckerkram futterst."
Augustin begann zu schreien und zu toben. Emi hielt sich die Ohren zu und überlegte, ob es wirklich immer schön war, einen kleinen Bruder zu haben.

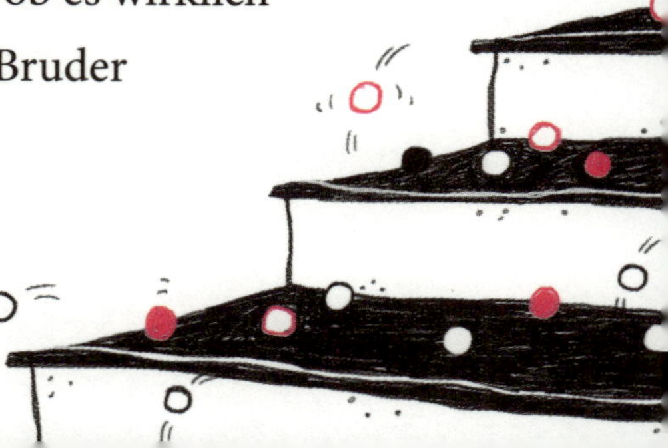

Doch bevor sie weiter darüber nachdenken konnte, hörte sie ein Winseln.

Emi rannte in die Richtung, aus der es gekommen war.

„Wart auf mich!“, rief Luna und hetzte ihr nach. „Mit Augustin auf dem Arm kann ich nicht so schnell.“

Emi drosselte ihr Tempo und passte sich Lunas Schritten an. Überall verstreut lagen diese Zuckerperlen herum. Sie mussten höllisch aufpassen, nicht auf ihnen auszurutschen. Vor einer rostigen Wendeltreppe blieb Luna stehen.

„Wohnt dort oben deine Torten-Tante?“, fragte Emi. „Da liegen nämlich jede Menge von diesen komischen Dingern auf den Stufen.“

Auch der kleine Augustin hatte sie entdeckt. Er juchzte und streckte seine Hände danach aus.

„Oh Mann, du bist schwerer zu bändigen als ein Gorillababy“, jammerte Luna. „Nee, da oben wohnt Großonkel Augustin. Dort erfindet er all die Sachen, die meine Eltern dann herstellen lassen und verkaufen.“ Sie zuckte mit den Schultern. „Keine Ahnung, warum die Zucker-

perlen auf seiner Treppe liegen. Vielleicht hat Tante Fee ihn besucht und sie auf dem Weg zu ihm verloren."
„Egal. Wir wollen ja eigentlich nur Matilde und Ka…"

Emi hielt eine Hand ans Ohr. „Ich hab wieder das Winseln gehört. Da, noch mal!"

„Stimmt." Lunas Blick wanderte die Wendeltreppe hoch. „Und es kommt eindeutig von da oben."

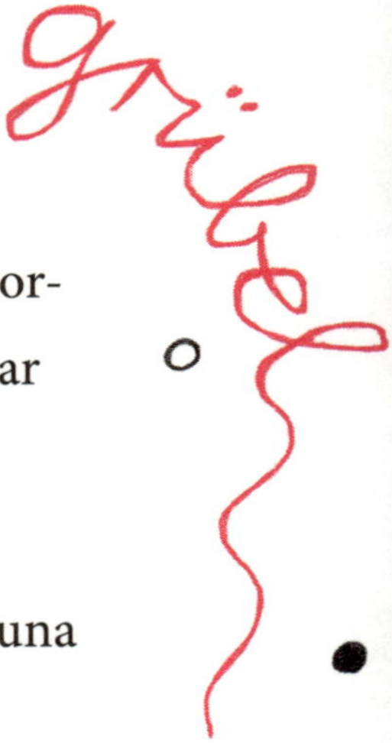

„Komm!" Emi sprang die Stufen hoch.
Luna kam mit Augustin kaum hinterher.
„Warte doch!", rief sie atemlos. „Lass mich oben vorgehen, ja? Du kennst Großonkel Augustin doch gar nicht."
Auf der vorletzten Stufe blieb Emi abrupt stehen.
„Oh, tut mir leid", sagte sie zerknirscht und ließ Luna mitsamt ihrem Bruder an sich vorbeiziehen.
Die Tür zum Labor stand offen.
„Hallo", rief Luna. „Dürfen wir reinkommen?"
Ihr Großonkel stand gebeugt über seinem Arbeitstisch und schrieb. Ohne aufzusehen, hob er kurz die Hand und nickte gleichzeitig.

„Da, Wauwau!", rief der kleine Augustin und strampelte in Lunas Armen. „Wauwau."

„Ach, hier bist du, Kawumm." Emi schob sich an Luna vorbei. „Komm her, du kleiner Ausreißer."

Doch der Welpe legte nur mit einer eckigen Bewegung den Kopf schief und blieb sitzen. Stattdessen stürzte ein riesiger Hund auf Emi zu. Er sprang mit einem tiefen Bellen an ihr hoch, warf sie um und leckte ihr einmal quer über das Gesicht.

6

Frau Katzenhammer …

… schob eine Kiste mit Winterjacken im Metallregal von links nach rechts, um sie dann gleich wieder nach links zu rücken. Eigentlich war das Aufräumen des Kellers total überflüssig. Alles war in die Regale sortiert und jeder Karton ordentlich beschriftet. Mit einem Seufzen sah sie sich um. Es gab hier einfach nichts zu tun.
Wo Emi nur blieb? Sie wollte doch nur kurz mit dem Welpen raus und hätte längst zurück sein müssen. Frau Katzenhammer schaute auf ihre Armbanduhr und erschrak. Es war fast eine Stunde her, dass die beiden losgegangen waren. Bestimmt wollte Emi sich vor der Arbeit drücken.

Dieser Faulpelz

Frau Katzenhammer eilte die Kellertreppe hinauf, marschierte einmal quer durch alle Räume und suchte schließlich sogar den Garten ab. Keine Spur von Emi

und Kawumm. Es half nichts, sie musste auf der Straße nachsehen.
Als sie auf den Bürgersteig trat, sah sie Frau Schnake, die Nachbarin von gegenüber. Sie stand hinter ihrer kniehohen Hecke und schnitt einen Buchsbaum in die Form eines schwimmenden Schwans. Frau Katzenhammer fluchte leise. Wenn man einmal in die Fänge dieser Frau geriet, entkam man nicht so bald. Dann sabbelte Frau Schnake einem die Ohren ab.
Frau Katzenhammer blickte hastig nach links und rechts. Von Emi und ihrem Hund war nichts zu sehen. Schon wollte sie zurückschleichen, die Schlüssel aus dem Haus holen und die Suche mit dem Auto fortsetzen, da hatte Frau Schnake sie entdeckt.
„Hallihallo Frau Katzenhammer!“, rief sie und winkte ihr mit der Heckenschere. „Wie schön, Sie mal zu sehen. Sonst verstecken Sie sich ja immer nur im Haus, nicht wahr?“
„Nicht, dass ich wüsste“, murmelte Frau Katzenhammer.
„Dabei scheint die Sonne so schön“, fuhr Frau Schnake unerbittlich fort. „Da zieht es einen doch mal ins Freie, nicht wahr? Wollen Sie spazieren gehen?“

„Nein, eigentlich nicht.“ Frau Katzenhammer überlegte, wie sie dieses Gespräch geschickt beenden könnte. „Oder hatten Sie ebenfalls geplant, unsere geschätzten Nachbarn zu besuchen? Ihre Tochter ist schon dort, aber das wissen Sie sicherlich.“ Frau Schnake zeigte beim Lächeln sämtliche Vorderzähne.
Frau Katzenhammer sah sie verwirrt an. Emi ist zu den Nachbarn gegangen?

Zu welchen Nachbarn? Und warum??

Sie räusperte sich.
„Sie haben es erraten, Frau Schnake, zu den lieben … na so was.“ Sie gab sich einen Klaps auf die Stirn. „Da ist mir doch tatsächlich der Name entfallen. Wie peinlich.“
„Zu den lieben Osterbergs“, half ihr Frau Schnake auf die Sprünge.
Die Osterbergs! Frau Katzenhammer hielt vor Schreck die Luft an. Das hatte sie Emi ausdrücklich verboten! Doch davon sollte Frau Schnake ebenfalls keinen Wind

bekommen. Also tat sie erfreut und rief: „Ach natürlich, die Osterbergs. Wie konnte mir nur der Name dieser reizenden Leute entfallen.“

Frau Schnake runzelte die Stirn.

„Ich frage mich nur“, sagte sie, „warum Sie und die auf einmal so dicke miteinander sind. Ich dachte, Sie halten diese Großfamilie für … wie sagten Sie noch? Ach ja, für durchgedrehte Chaoten und eine Gefahr für die ganze Straße.“

Frau Katzenhammer lachte schrill. „Aber nein, das müssen Sie verwechselt haben. Das sind doch schrecklich nette Leute.“ Vor allem schrecklich, dachte sie und fuhr fort. „Nun muss ich mich aber beeilen. Bestimmt hat Frau Osterberg schon Tee für mich gekocht.“

„Na, dann grüßen Sie mal recht schön von mir“, sagte Frau Schnake und wandte sich wieder ihrem Buchsbaum-Schwan zu.

„Hmpf“, machte Frau Katzenhammer leise. Einen kleinen Seitenhieb wollte sie dieser falschen Schlange dort drüben noch verpassen.

„Ach, bevor ich es vergesse …“
Frau Katzenhammer lächelte zuckersüß.
„Ja?“ Frau Schnake ließ die Heckenschere wieder sinken.
„Die Ente da ist Ihnen wirklich gelungen. Ich glaube, Sie haben eine künstlerische Ader.“ Bevor die Nachbarin antworten konnte, steuerte Emis Mutter mit entschlossenen Schritten auf das schiefe Gartentor der Osterbergs zu. Es quietschte grässlich, als sie es mit der Zeigefingerspitze aufschob. Sie zögerte einen Augenblick, doch da fühlte sie Frau Schnakes Blick im Nacken.

QUIETSCH

Frau Katzenhammer hob das Kinn.
Sie drückte den Rücken durch.
Und betrat den Nachbargarten.

Tante Fee umtänzelte die dreistöckige Sahnetorte. Zwischen Daumen und Zeigefinger hielt sie die letzte mit Zucker glasierte, leuchtend rote Johannisbeere. Sie ließ sie über der Torte kreisen und überlegte, wo sie wohl am schönsten wirken würde. Da klopfte es ener-

gisch an ihre Wintergartentür. Tante Fee fuhr zusammen. Vor Schreck ließ sie die Beere fallen. Zum Glück landete sie neben einem Johannisbeerblatt aus Marzipan, was einfach großartig aussah. Tante Fee lächelte und strich sich mit beiden Händen über ihre fliederfarbene Schürze. Dieses Johannisbeer-Sahnetorten-Kunstwerk war ihr gelungen. Jedenfalls äußerlich. Nun kam es darauf an, dass sie auch ebenso gut schmeckte. Sie musste jemanden finden, der die Torte kostete und ein ehrliches Urteil abgab. Schon ließ sie sämtliche Familienmitglieder vor ihrem geistigen Auge an sich vorüberziehen, als es ein zweites Mal klopfte.

Laut und ziemlich ungeduldig.

„Ja, ja, ja!", schimpfte Tante Fee. „Ich komme ja schon." Erst jetzt drehte sie sich zur Tür herum. Sie stutzte, als sie durch die hellblaue Glasscheibe eine ihr unbekannte Gestalt sah.

Es konnte weder Augustin der Erste sein (dafür war sie zu klein) noch Gwenda (keine kurzen Locken) noch Matti (da fehlten die Zauselhaare) noch eines der Kinder (dafür war sie wiederum zu groß).

Wer war es dann ?

Da fiel es ihr wie Schuppen von den Augen. Es konnte nur die Dame vom Verein für Internationale Tortenkunst sein. !!!

Ach, wie fein. Tante Fee klatschte entzückt in die Hände. Bestimmt war die Frau gekommen, um ihr Können zu überprüfen. Darum hatte sie jedenfalls in einer langen, sehr ausführlichen E-Mail gebeten. Tante Fee wollte in den Verein aufgenommen werden, um an allen zukünftigen Torten-Wettbewerben teilnehmen zu dürfen. Sie träumte davon, eines Tages zur besten Tortenbäckerin der Welt gekürt zu werden.

Und dies war der erste Schritt.

Tante Fee eilte zur Tür und riss sie auf. Sie ergriff die Hand der Dame und schüttelte sie kräftig.
„Ich bin Fee Osterberg und so glücklich, Sie zu sehen“, sagte sie und zog die Frau in ihre Zuckerbäckerei.
Frau Katzenhammer, die nicht wusste, wie ihr geschah, ließ sich von der Frau mit den grellbunten Kleidern und der albernen Schürze auf einen Stuhl drücken. Vor ihr auf dem runden Tisch stand ein wahres Wunder von einer Sahnetorte. Sie war dreistöckig und von Blätterranken aus zart gefärbtem Marzipan umschlungen. Als Krönung thronte oben ein kleines Zuckerschloss, auf dessen Turmspitzen kandierte Johannisbeeren steckten.
„Nein, wie herrlich“, hauchte Emis Mutter.
Tante Fees Herz tat einen Sprung.
„Sicherlich möchten Sie probieren, nicht wahr?“ Sie wirbelte herum und eilte zum Geschirrschrank.
„Aber nein“, wehrte Frau Katzenhammer ab. „Das ist doch nicht nötig. Ich wollte nur …“
„Kaffee oder Tee?“, fragte Tante Fee, die sich um nichts in der Welt davon abbringen lassen wollte, ein Stück Sahnetorte zu servieren.

oh nein, alles alle!

„Äh, Tee", antwortete Frau Katzenhammer verdattert.

„Ge-er-ne", trällerte Tante Fee. Sie stellte den Wasserkocher an und füllte würzig duftende Blätter in ein Teenetz. Ein feines Klirren war zu hören, als sie Tee- und Untertassen aus dem Schrank nahm. Sie griff nach der Zuckerdose, hob den Deckel und musste feststellen, dass sie leer war. Sofort eilte sie zum Vorratsregal, um Zuckernachschub zu holen. Doch, oh Schreck, auch die große Dose war leer. Sie hatte für die Johannisbeer-Sahnetorte restlos alles verbraucht. Doch sie konnte der Dame vom Verein für Internationale Tortenkunst auf keinen Fall Tee ohne Zucker anbieten. Ausgeschlossen. Sie musste welchen aus der großen Wohnküche holen.

„Bin gleich wieder da", flötete sie.

„Warten Sie." Frau Katzenhammer sprang auf. „Ich wollte doch eigentlich nur …"

Bevor sie ihren Satz beenden konnte, zog Tante Fee die Tür hinter sich zu. Sie hastete in die Küche und durchwühlte die Vorratsschränke. Doch so viel sie auch suchte, sie fand nur Bienenhonig.

„Honig ist viel gesünder“, sagte Gwenda immer.

Aber wie sollte man ohne Zucker anständige Sahnetorten backen? Tante Fee starrte die leere Dose in ihrer Hand an. Was um Himmels willen sollte sie jetzt tun? Da hatte sie eine Idee.

!!! Na klar! Großonkel Augustin. Er hatte eine kleine Teeküche in seinem Labor. Dort hortete er auch immer ein paar Zuckerwürfel. Schon bog Tante Fee in den Flur und rannte auf die Wendeltreppe zu. Doch kurz bevor sie die Eisenstufen erreichte, rutschte sie auf etwas aus. Sie schrie auf, presste die Porzellandose fest an ihren Bauch und landete mit einem schmerzhaften Plumps auf dem Po. Verdattert sah sie auf all die bunten Kügelchen, die um sie herumsprangen.

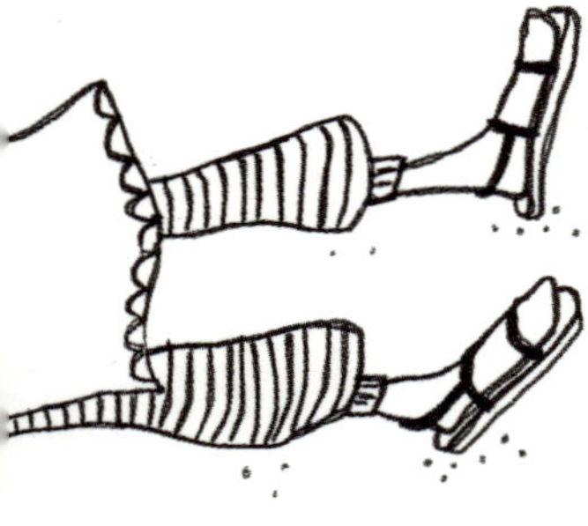

hauchte sie.

Was für ein Glück!

Währenddessen verstand Luna oben in Augustins Labor die Welt nicht mehr. Seit wann hatte ihr Großonkel diesen riesigen Hund?
Was war mit Kawumm los?
Und wo in aller Welt war Matilde?
Emi hatte sich inzwischen hochgerappelt und ihr Gesicht trocken gewischt.

Äh, bäh! schimpfte sie. „Was ist bloß mit diesem Hund los? Der tut ja so, als würde er mich kennen."
Luna zuckte mit den Schultern. Ihr kleiner Bruder versuchte, sich aus ihren Armen zu winden.
„Wauwau!", rief er und strampelte mit den Beinen.
„Wuff", machte der große Hund.
„Selber wuff", brummte Emi. „Du bist ein Windhund, oder? Und du kommst jetzt her, Kawumm. Du darfst doch nicht einfach so weglaufen." Aber der Welpe rührte sich nicht von der Stelle. Stattdessen sprang der fremde Hund wieder an ihr hoch.

Sie klammerte sich an den Türrahmen, damit er sie nicht ein zweites Mal umwarf.
„Onkel Augustin!“, rief Luna. „Halte doch mal deinen komischen Hund fest. Der ist ja lebensgefährlich.“
„Welchen Hund?“, murmelte Augustin und kritzelte etwas in seine Skizzen. „Ich habe keinen.“
„Und wo kommt dann dieser Windhund her?“
Großonkel Augustin blickte verwirrt auf. Er starrte das große Tier an. Endlich schien er zu begreifen.
„Ach, den meinst du“, rief er. „Das ist doch nur dieser kleine Welpe, der eben durch meine Werkstatt gerast ist und meine Verjüng… äh, Zuckerperlen umgeworfen hat.“ Luna starrte ihn verwundert an. „Ich glaub, du brauchst ’ne stärkere Brille“, sagte sie.

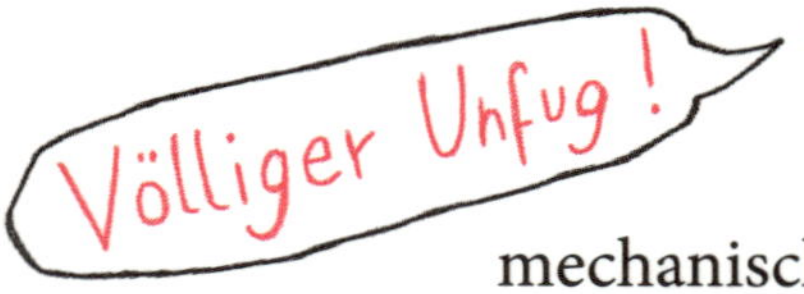

schnaubte Augustin der Erste.
„Hast du denn wenigstens mein mechanisches Huhn gesehen?“, fragte Luna. „Das ist nämlich weg.“
Ihr Großonkel seufzte und zeigte mit der Bleistiftspitze auf den Hundewelpen. „Da ist es doch“, sagte er und vertiefte sich wieder in seine Aufzeichnungen.

Luna warf ihrer neuen Freundin
einen Blick zu und Emi tippte sich an die Stirn.
„Jetzt seid so gut und lasst mich allein", sagte Augustin der Erste. „Ich muss arbeiten. Und nehmt die Tiere mit."
„Unter einer Bedingung", sagte Luna. „Wenn du ein oder zwei Stunden auf Augustin den Zweiten aufpasst. Wir müssen nämlich Matilde suchen."
„Meinetwegen", murmelte er. „Steckt ihn da rein." Er zeigte hinter sich auf einen Laufstall am anderen Ende des Raumes. „Hauptsache, ihr verschwindet jetzt."

Ich - brauche - Ruhe.

Luna kitzelte den kleinen Augustin unter dem Kinn und setzte ihn in den Laufstall. Mit einem Glucksen stürzte sich ihr kleiner Bruder auf ein Quietscheentchen. Das begrüßte ihn mit einem fröhlichen: „Na, Kumpel? Heute schon gebadet? Lass mich mal an dir schnuppern".
Augustin juchzte und klatschte in die Hände.
„So, der ist beschäftigt", sagte Luna. „Und an die Zuckerperlen kommt er von hier auch nicht ran."
Emi nickte und nahm Kawumm auf den Arm. Er fühlte sich merkwürdig starr an. Jede seiner Bewegungen war

eckig, nicht so tapsig, wild und lebhaft wie sonst.
„Geht es dir nicht gut?“, flüsterte sie in sein Schlappohr.

„Vielleicht hat er zu viele von den Zuckerperlen genascht, die hier überall herumspringen“, überlegte Luna. „Und jetzt ist ihm schlecht.“
„Hm. Könnte sein.“ Emi kraulte nachdenklich Kawumms Lieblingsstelle am Hals. Doch der Welpe schien das gerade nicht zu mögen. Er versuchte sich aus ihren Armen zu befreien und sie musste ihn noch fester an sich drücken.
„Ich mach mir Sorgen um Matilde“, sagte Luna. „Lass uns weiter nach ihr suchen.“
Sie liefen die Treppe hinunter und wären fast von dem Windhund umgerissen worden, der hinter ihnen die Stufen runterrutschte.

7

Zur gleichen Zeit …

… als Emi und Luna das Haus nach Matilde absuchten, stellte Tante Fee die Zuckerdose auf den Tisch und schenkte Tee in die Tassen. Frau Katzenhammer hatte sich inzwischen damit abgefunden, mit dieser merkwürdigen Frau Osterberg Tee zu trinken und Torte zu essen. Auf die zehn Minuten kam es nun auch nicht mehr an. Außerdem musste sie sich eingestehen, dass diese Johannisbeer-Sahnetorte mehr als verlockend aussah. Sie hatte sie, während Frau Osterberg Zucker geholt hatte, die ganze Zeit über anstarren müssen. Es war nur ihrer eisernen Disziplin zu verdanken, dass sie nicht mit der Zeigefingerspitze hineingefahren war und gekostet hatte.

Frau Osterberg hob den Deckel der Zuckerdose und schob sie über den Tisch.

„Bunte Zuckerperlen für den Tee …“ Frau Katzenhammer räusperte sich. „Äh … was für eine reizende Idee.“ Tante Fees Wangen röteten sich vor Freude. Sie stand auf und schnitt die Torte an.

„Darf ich Ihnen ein Stückchen auftun“, fragte sie und griff nach dem verschnörkelten Tortenheber. „Sie vertragen sicherlich ein großes, so schlank, wie Sie sind.“ Tante Fee klopfte sich mit der linken Hand auf ihre eigene, ziemlich runde Hüfte. Die monatelange Torten-Erfinderei hatte Spuren hinterlassen. Nun ja – wenn sie ganz ehrlich war, war sie noch nie richtig schlank gewesen. Auch, wenn sie immer wieder versucht hatte, es zu werden. Mit allen Mitteln.

Sie seufzte und schob, während ihr Gast drei Zuckerperlen in ihren Tee plumpsen ließ, ein besonders großes Stück Torte auf den Teller. Für sich selbst wählte sie die gleiche Größe. Schließlich hatte sie sich das verdient. Nachdem sie sich ein paar Zuckerperlen in den Tee getan und umgerührt hatte, nippten sie und Frau Katzenhammer gleichzeitig an ihren Tassen. Sie stellten sie zurück auf die Untertassen und lächelten sich höflich an.

Dann griffen sie zu ihren Kuchengabeln.
Auf einmal gab es einen fürchterlichen Knall.

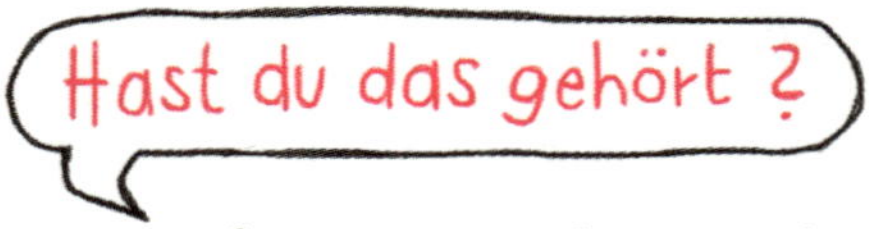

fragte Emi, die gerade mit Luna in der Küche nach dem mechanischen Huhn suchte.

„Was gehört?“, fragte Luna.

„Na, den Knall.“

„Ach, den.“ Luna krabbelte unter eine meterlange Eckbank. „Total normal hier. Es rumst ständig, wenn Augustin der Erste mit etwas herumexperimentiert. Ich hör das schon gar nicht mehr.“

„Aber dann hätte der Knall doch von irgendwo oben aus seinem Labor kommen müssen, oder?“ Emi schob zum vierundzwanzigsten Mal den Windhund beiseite, der ständig und überall im Weg herumwuselte. „Aber es klang so, als sei er von da gekommen.“ Sie zeigte in Richtung Tür.

„Aus Tante Fees Wintergarten?“ Luna krabbelte unter der Sitzbank hervor. Sofort stürzte der Windhund auf sie zu und leckte ihr über die Wange.

Luna lachte und wischte sich mit einem Zipfel ihres T-Shirts das Gesicht trocken.

sagte der Windhund und wedelte mit dem Schwanz.

„Sollen wir mal nachsehen?“, fragte Emi. Sie runzelte die Stirn, als sie entdeckte, dass Kawumm noch genau dort saß, wo sie ihn abgesetzt hatte. Luna rappelte sich hoch und zupfte Staubflusen von ihrer Strumpfhose.
„Wo nachsehen?“, fragte sie.
„Na, dort, wo es geknallt hat“, antwortete Emi.
„Okay.“ Luna klopfte sich den letzten Rest Staub von den Beinen. „Gehen wir zu Tante Fee.“

Bunte Rauchwolken waberten durch den Wintergarten. Luna riss Fenster und Türen auf und rief: „Was ist denn hier passiert, Tante Fee?“
„Das weiß ich auch nicht, Lunilein“, antwortete eine fremde Frauenstimme.

Luna fuhr herum. Sie versuchte, den Qualm vor ihrer Nase fortzuwedeln. Dort hinten am Tisch saßen zwei Personen.

Doch keine von ihnen sah wie Fee aus …

„Äh … Entschuldigung“, stammelte Luna. „Ich dachte, meine Tante wäre hier.“

„Aber das bin ich doch, Liebling.“ Nach und nach lichtete sich der Nebel, doch so viel Luna sich auch die Augen rieb, sie konnte ihre Tante Fee nirgendwo entdecken.

„Ich fass es nicht!“, stieß Emi in diesem Moment hervor und packte Luna am Arm.

„Was ist denn los?“, fragte Luna verwirrt.

„Na, siehst du nicht, dass unsere Schulrektorin dort sitzt?“, zischte Emi ihr ins Ohr.

„Frau Wesselmeier?“, hauchte Luna.

Tatsächlich, dort hockte sie, mit einer Kuchengabel in der Hand. Klein, drahtig und mit einer spitzen Nase in dem schmalen Gesicht.

„Emi!“ Die Wesselmeier ließ ihre Gabel fallen und schoss vom Stuhl hoch. „Kannst du mir erklären, was du hier zu suchen hast?“

„Aber … aber …“ Emi war jetzt völlig durcheinander. Heute war Samstag. Da musste sie doch gar nicht in die Schule gehen.

„Meine Liebe, Sie sehen so verändert aus“, sagte die andere Dame zu Frau Wesselmeier. „Sie hatten doch gerade eben so eine schicke Föhnfrisur. Und jetzt nur noch so altmodische Locken. Ihre Kleidung war vorhin auch viel eleganter.“

Mit großen Augen sah Frau Wesselmeier an sich hinab. Sie tastete hektisch ihren Kopf ab und atmete scharf ein. „Sehen Sie", sagte die andere Frau. „Sag ich doch. Vorher sahen Sie besser aus."

Frau Wesselmeier stemmte die Hände in die Hüfte.

„Sie sehen aber auch nicht gerade so aus wie vorher", schnaubte sie. „Wie sind Sie denn auf einen Schlag 100 Kilo losgeworden, hm? Ist das eine neue Wunder-Diät, die Sie mir jetzt verkaufen wollen?"

Der fremden Frau entfuhr ein Schrei. Sie fuhr hoch und stürmte zu einem Wandspiegel.

„Nein, das glaube ich nicht." Sie strich sich über den schlanken Körper, der in ein hautenges Kleid aus roter Seide gehüllt war. „Oh, diese Haare. Was für ein Traum." Sie seufzte und fuhr mit beiden Händen durch die hüftlange hellblonde Mähne. „So wollte ich schon immer aussehen. Wie herrlich."

Tante Fee ? fragte Luna vorsichtig. „Bist du das?"

„Aber natürlich, Kleines. Erkennst du mich denn nicht?"

Luna schüttelte stumm den Kopf.

„Das ist deine Tante Fee?", flüsterte Emi. „Bist du dir sicher? Irgendwie sah sie vorhin anders aus."

„Ich weiß", flüsterte Luna zurück. „Ich verstehe es ja auch nicht. Ich glaube, hier sind alle total verrückt geworden. Sogar die Tiere." Sie nickte in Richtung des Windhundes, der um Kawumm herumsprang und laut bellte. Kawumm hingegen sah aus, als wollte er mit seiner Schnauze etwas vom Boden picken.

„Wir gehen jetzt nach Hause!", sagte die Rektorin zu Emi.

„Äh, zu mir nach Hause?", fragte Emi.

„Wohin denn sonst?“ Frau Wesselmeier verdrehte die Augen. In diesem Moment wurde Emi alles klar. Bestimmt wollte die Rektorin ihre Mutter besuchen und hatte sich nur im Haus geirrt.

Das würde alles erklären.

„Okay“, sagte sie und nahm Kawumm hoch, der entrüstet mit den Beinen strampelte. „Gehen wir also.“

Der Windhund bellte und folgte ihnen schwanzwedelnd ins Freie.

„Nein“, sagte Emi zu ihm. „Du musst hierbleiben.“

„Geht nur“, sagte Luna. Sie sprang an die Seite des Windhundes und hielt ihn am Halsband fest. „Ich kümmere mich. Nachher ruf ich beim Tierheim an und frag, was ich mit ihm machen soll.“

„Danke!“, rief Emi. „Ich komme, so schnell ich kann, zurück.“

8

„Was soll ich mit den beiden nur anfangen?“ …

… murmelte Luna, nachdem Emi mit Frau Wesselmeier und Kawumm gegangen war. Ihr Blick wanderte von der Frau, die behauptete, ihre Tante zu sein, zu dem Windhund, der ihnen offenbar zugelaufen war.

„Am besten tu ich so, als sei alles total in Ordnung“, sagte sie zu sich selbst. „Das wird das Beste sein.“

„Was sagst du, Schätzelchen? Ach, wo wir gerade dabei sind … möchtest du ein Stückchen Torte?“ Die Frau klopfte sich auf den flachen Bauch. „Ich selbst darf leider nicht. So was geht ja immer gleich auf die Figur, nicht wahr?“

„Oje“, stöhnte Luna. „Das sind vielleicht Probleme.“

„Eben“, sagte die Frau. „Diese Problemzonen. Auf die muss man so fürchterlich aufpassen.“

Der Windhund lief zu der Tür, die in den Garten führte,

und bellte. Luna öffnete ihm und er sprang mit einem Satz ins Freie. Sie atmete auf. Das erste Problem war erst mal gelöst. Nun das zweite. Es konnte logischerweise nicht sein, dass diese spindeldürre Frau ihre Tante Fee war. Niemandem war es möglich, innerhalb von ein paar Stunden sein Körpergewicht zu halbieren, die Haarlänge zu verdoppeln und überhaupt vollkommen anders auszusehen. Andererseits passierten in diesem Haus ständig Dinge, die eigentlich gar nicht sein konnten. Das lag an Großonkel Augustins merkwürdigen Erfindungen. Wenn sie herausfinden wollte, ob diese Frau die Wahrheit sagte, musste Luna ihr Fragen stellen, die nur eine Tante Fee beantworten konnte. Luna begann mit: „Welche Farbe hatten Großonkel Augustins Haare, bevor sie weiß wurden?“

sagte die Frau.

Das stimmte.

„Was isst du am allerliebsten?“

Ebenfalls richtig. Luna grübelte. Die nächste Frage musste richtig, richtig kniffelig werden. Was konnte wirklich nur Tante Fee wissen? Da fiel ihr etwas ein.
„In wen bist du schon seit Monaten verliebt?“
Das Gesicht der Frau lief knallrot an.
„Woher weißt du das?“, schnappte sie. „Ich habe niemandem erzählt, dass ich in Joschi …“ Sie schlug sich die Hand auf den Mund.
Luna lächelte. Immer wenn dieser Joschi mit seinem gelben Lieferwagen anbrauste, bekam Tante Fee glänzende Augen und rosige Wangen. Und wenn er die Pakete mit Großonkel Augustins Erfindungen auflud, die Matti für Kunden in aller Welt gepackt hatte, tänzelte sie um ihn herum und versuchte, ihn auf eine Tasse Tee einzuladen.
Die Frau dort war, auch wenn es kaum zu glauben war, tatsächlich ihre Tante Fee.
„Aber was ist denn bloß mit dir passiert?“, fragte Luna und setzte sich auf einen Stuhl. „Hat Augustin der Erste vielleicht eine Erfindung an dir ausprobiert?“

„Quatsch“, sagte Tante Fee. „Ich bin doch kein Versuchskaninchen. Und übrigens ist es mir völlig egal, warum ich so aussehe, wie ich aussehe. Wichtig ist nur, dass es gerade noch rechtzeitig passiert ist.“

Sie marschierte zum Geschirrschrank und zog eine Schublade auf.

„Rechtzeitig wofür?“, fragte Luna.

„Für das Model-Casting heute Nachmittag. Ich melde mich schnell noch dafür an.“

Sie holte ihr Smartphone hervor und wischte über den Bildschirm.

Luna starrte sie an.

„Hier in der Stadt findet ein Model-Casting statt? Und du willst da hin?“

„Ach, Lunilein.“ Fee ließ das Smartphone sinken und strich ihr über das Haar. „Es war immer mein allergrößter Wunsch, mit hohen Schuhen über einen Laufsteg zu stöckeln. Doch mit meiner Figur konnte ich mir das bisher abschminken. Dafür

muss man ja schlank und schön sein. Hatte ich dir denn nie von diesem Traum erzählt?"

Luna schüttelte den Kopf.

„Nun, dann weißt du es eben jetzt." Tante Fee strahlte sie an. „Kommst du mit und feuerst mich an? Das heißt, wenn es für die Online-Anmeldung nicht schon zu spät ist." Luna nickte.

sagte sie.

Frau Wesselmeier, die in Wahrheit Frau Katzenhammer war, stand im Flur ihres Hauses und starrte in den Spiegel. Sie hob die rechte Hand und ließ sie wieder fallen. Das Gleiche tat sie mit der Linken. Emi setzte Kawumm auf den Boden und sah ihr verwirrt zu.

„Ich glaube, ich muss mir einen Termin bei meiner Psychologin geben lassen", sagte Frau Wesselmeier und fasste sich an die Nase. „Ich dachte immer, ich sei jemand anderes. Dabei bin

ich eindeutig die Rektorin der Schule.“ Sie ruckelte an der Nasenspitze, befühlte ihre Wangen, dann die Ohren und zupfte schließlich an den kleinen Haarlöckchen.
„Ich sage meiner Mutter Bescheid, dass Sie da sind“, sagte Emi .
„Deiner Mutter, ja?“ Frau Wesselmeier verschränkte die Arme. „Na, da bin ich mal gespannt.“

Emi rannte kreuz und quer durchs Haus, dann durch den Garten. Ihre Mutter war nirgendwo zu finden. Sonst legte sie Emi immer einen Zettel hin, bevor sie fortging.
„Tut mir leid“, sagte sie, als sie wieder vor der Rektorin im Flur stand. „Sie ist nicht da.“
„Das wundert mich nicht“, sagte Frau Wesselmeier. „Denn ich bin ja hier. Anderseits sieht es so aus, als sei ich nicht ich, sondern die Schulrektorin, was wirklich ganz erstaunlich ist.“
Emi verstand kein Wort.

„Ich werde meiner Mutter ausrichten, dass Sie da waren“, sagte sie und öffnete die Haustür. Doch auf einmal sah die Rektorin verunsichert aus.

„Ich weiß ja gar nicht, wo ich jetzt hinsoll“, murmelte sie.

„Äh, wie wäre es, wenn Sie einfach nach Hause gehen?“, schlug Emi vor.

Frau Wesselmeier sah sich hilflos um. „Aber wo wohne ich denn?“ Sie tippte sich an die Stirn. „Sieht fast so aus, als hätte ich da einen kleinen Aussetzer. Einen Blackout oder so.“

Emi klappte der Mund auf.

„Sie wissen wirklich nicht, wo Sie wohnen?“, fragte sie.

Frau Wesselmeier schüttelte den Kopf.

„Überhaupt gar nicht?"

Wieder Kopfschütteln.

„Dann guck ich im Internet nach", sagte Emi.

„Zu freundlich", sagte die Rektorin.

Das mechanische Huhn in Welpengestalt stand noch immer dort, wo Emi es abgesetzt hatte. Es überdachte seine Lage. Der Wunsch, ein Hund zu sein, war also in Erfüllung gegangen. Genützt hatte es ihm nichts, denn es konnte mit den neuen vier Beinen nichts anfangen. So konnte es nur herumstehen und Löcher in die Luft gucken. Matilde musste lernen, mit diesen Beinen zu laufen. Irgendwann würde sie dann so herrlich herumtollen und rennen können wie Kawumm.

Matilde aktivierte sämtliche Mikrochips in ihrem Kopf. Das versuchte sie jedenfalls. Doch statt durch Mikrochips schossen ihre Gedanken durch das Gehirn eines

Hundewelpen. Sie blickte hinab auf ihre rechte vordere Pfote und versuchte, sie anzuheben. Das gelang tatsächlich. Nun probierte sie das Gleiche mit der Pfote vorne links. Auch das klappte. Es folgten die Hinterbeine und Matilde wollte vor Freude gackern. Sie erschrak, als sie stattdessen laut kläffte.

Alles in Ordnung, Kawumm? fragte die Frau vor dem Spiegel und sah sie forschend an.

Matilde verstummte. Erneut konzentrierte sie sich auf ihre Beine. Sie machte ein paar vorsichtige Schritte vorwärts. Doch leider hatte sie vergessen, dabei die Hinterbeine zu bewegen, und so waren sie einfach stehen geblieben. Matilde verlor das Gleichgewicht und kippte um. Ihr entfuhr ein ärgerliches Knurren.

„Huch!“, machte die fremde Frau und tat einen Schritt nach hinten. „Nicht, dass du noch beißt.“

Matilde rappelte sich wieder auf alle vier Beine und probierte es gleich noch mal. Sie bellte glücklich, als ihr endlich die ersten Schritte gelangen.

„Sie wohnen im Stiefmütterchenweg 3“, verkündete Emi, als sie wieder vor der Rektorin stand.

„Aha“, sagte Frau Wesselmeier.

„Und wo könnte das wohl sein?“

Natürlich wusste sie selbst, wo sich diese Straße befand. Die Sache war nur, dass sie keine Ahnung hatte, was sie in dem Haus dort erwartete und wer außer ihr noch darin wohnte. Warum nur fehlte ihr jede Erinnerung an ihr Leben als Rektorin? Das war mehr als sonderbar.

Mit Emi an der Seite fühlte sie sich nicht ganz so verloren. Also musste sie erreichen, dass sie von ihr begleitet wurde. Waren sie erst dort, würde sie bestimmt alles wiedererkennen. Und dann würde auch die Erinnerung zurückkommen.

„Sie wissen noch nicht mal, wo der Stiefmütterchenweg ist?“, fragte Emi verblüfft. „Echt nicht?“

Frau Wesselmeier hob beide Hände und ließ sie wieder fallen.

„Nein. Ich scheine tatsächlich gerade unter Gedächtnisverlust zu leiden. Sei also so gut und begleite mich dorthin.“

Emi atmete tief durch. Eigentlich hatte sie ganz andere Sorgen. Sie wollte Luna bei der Suche nach ihrem mechanischen Huhn helfen. Außerdem war da ja auch dieser durchgedrehte Windhund, der den Osterbergs zugelaufen war. Sie könnten ihn gemeinsam zum Tierheim bringen. Noch dazu war eine Frau aufgetaucht, die wie eine Barbiepuppe aussah und trotzdem behauptete, Lunas Tante zu sein.

!!! Es war das reinste Chaos!

Doch wenn sie Frau Wesselmeier nicht nach Hause brachte, würde sie vielleicht einfach dableiben.

Und das wäre noch schlimmer.

„Na gut“, sagte Emi. „Aber es muss ganz schnell gehen.“

9

Die Stubenfliege Holda …

… saß auf einem Fensterrahmen des Wintergartens und putzte sich das Köpfchen. Gerade hatte sie ausgiebig von der Sahnetorte genascht. „Pappsatt“, murmelte sie zufrieden. „Jetzt fehlt nur noch ein netter, kleiner Nachtisch. Na, ich werde mich mal umsehen.“ Träge hob sie ab und drehte ein paar Runden über dem Tisch.

„Das hier sieht nicht übel aus“, sagte Holda und ließ sich auf einer der kleinen bunten Perlen nieder. Die Geschmacksorgane an ihren Füßen meldeten eine zuckrige Süße. „Wunderbar“, schwärmte sie. „Meine neue Bleibe ist ein Glücksgriff. Hier ist es fast noch

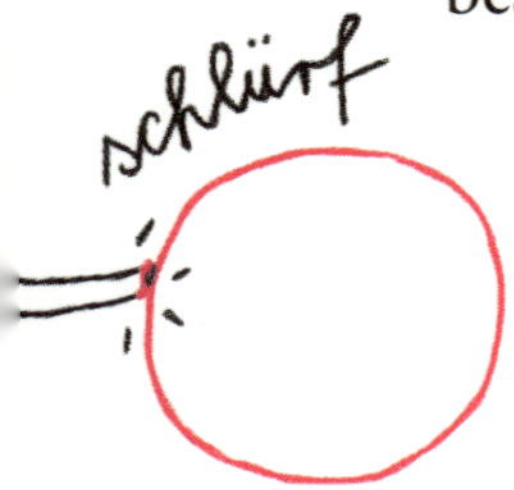

besser als in der Zuckerbäckerei.“ Sie naschte mit ihrem Rüssel von einer weißen Perle.

Ein paar Sekunden später gab es einen winzig kleinen Knall.

Eher noch war es ein Pling.

Ein kleines weißes Rauchwölkchen breitete sich über der Sahnetorte aus.

Luna fuhr herum.
Sie fragte sich, was um Himmels willen jetzt schon wieder passiert war.

Tante Fee rief sie, „ich glaub, deine Torte ist explodiert.“

„Macht nichts“, antwortete Tante Fee aus dem Nebenzimmer. „Die Torte spielt ü-ber-haupt keine Rolle mehr. Mit der Online-Anmeldung hat es übrigens geklappt. In zehn Minuten können wir starten.“
Der Qualm über der Torte hatte sich etwas gelichtet und Luna sah etwas Großes dort flattern. Sie trat näher und erkannte einen handtellergroßen paradiesvogelbunten Schmetterling mit einem außerordentlich dicken Leib.

Er umkreiste Tante Fees Sahnetorte mit taumelnden Flügelschlägen.

„Wo kommst du denn her?“, fragte Luna.

„Wer, ich?“ Holda sah hinter sich. Doch da war niemand, den der Mensch gemeint haben könnte.

„Du bist ja ein Hübscher. Einen Schmetterling wie dich habe ich hier noch nie gesehen. Ich dachte immer, so große gibt es nur in den Tropen.“

Schmetterling?!!

Konnte dieses Mädchen denn eine Stubenfliege nicht von so einem blöden Flatter-Schnösel unterscheiden? Holda schüttelte den Kopf und flog auf eine Fensterscheibe zu. Für die Landung machte sie eine Vierteldrehung in der Luft und setzte ihre sechs Haftfüße aufs Glas.

Das hatte sie jedenfalls vor.

Doch im Gegensatz zu Fliegen haften die Füße von Schmetterlingen grundsätzlich nicht an Fensterscheiben. Und so rutschte Holda hinab und stürzte in die Tiefe. Während sie fiel, klappten die großen Schmetterlingsflügel über ihr auseinander. Sie schillerten in den allerschönsten Farben.

Wow! hauchte sie, als sie auf dem Fußboden angekommen war. „Ich bin tatsächlich ein Schmetterling. Das ist ja unglaublich!“ Sie krabbelte unter den Flügeln hervor, ordnete sie, so gut es ging, und machte einen Startversuch. Etwas schwerfällig schraubte sie sich in die Höhe.

„Jetzt hab ich einen Riesenappetit auf Nektar“, murmelte sie und hielt Ausschau nach Blumen. Als hätte das Mädchen die Worte verstanden, sagte sie: „Hey, du Bruchpilot. Hier geht’s raus.“ Sie hielt die Glastür weit offen.

Na, wennschon, dann bitte schön Bruchpilotin, wollte Holda brummen. Aber wer wird schon so kleinlich sein. Holda nickte ihr gnädig zu, trudelte hinaus ins Freie und steuerte eine gelbe Blume an, die besonders lecker aussah.

Zum achtzehnten Mal rannte Kawumm in seiner neuen Windhund-Gestalt rund um das Haus der Osterbergs. Er fühlte eine ungeheure Kraft in den Muskeln seiner Beine. Fast flog er durch den Garten.

Das war es, was er sich immer gewünscht hatte, als er noch der kleine, spitzgedackelte Pudelwelpe gewesen war. Er hatte so schnell sein wollen wie der Wind. Kawumm bellte glücklich und wollte gerade die neunzehnte Runde antreten, als er plötzlich an sein Frauchen Emi denken musste.

Er bremste so plötzlich ab, dass Grasbüschel in alle Richtungen flogen. Mit einem Winseln sah er sich nach ihr um. Seine treue Hundeseele sehnte sich nach ihr. Er schnupperte im Sand, fand ihre Spur und folgte dieser bis zum Gartentor. Doch das Tor war geschlossen. So viel Kawumm auch bellte, es wollte sich nicht öffnen.

Hinter sich hörte er Stimmen. Das Mädchen und die Frau näherten sich.

„Oje“, sagte Luna, als sie ihn entdeckte. „Was machen wir mit dem zugelaufenen Hund, solange wir weg sind?“

„Wir nehmen ihn mit!“, rief Tante Fee. „So einfach ist das.“

Luna überlegte, dass sie ihn dann gleich nach dem Casting zum Tierheim bringen könnten. Bestimmt hatte sich dort schon jemand gemeldet, der ihn vermisste. Noch viel lieber würde sie den Windhund behalten. Dann hätte sie endlich ein richtig lebendiges Haustier. Leider war jetzt schon klar, dass Gwenda ihr das niemals erlauben würde.

„Aber dann brauchen wir eine Leine“, sagte sie.

Tante Fee kramte in ihrer Handtasche.

Sie zog eine Seidenstrumpfhose hervor und reichte sie Luna. „Die kannst du haben. Ich habe noch eine andere für den Fall dabei, dass ich eine Laufmasche bekomme.“

Luna zog ein Fußende der Strumpfhose durch das Hundehalsband. Das heißt, sie versuchte es, denn der Windhund wollte einfach nicht stillhalten.

„Du bist schlimmer als ein Welpe.“ Luna wuschelte ihn

zwischen den langen Schlappohren. „Na, geht doch.“ Sie machte einen festen Knoten und schlang sich das andere Ende um das Handgelenk.

„Oh Mann!“, sagte sie und musste lachen. „Eine Strumpfhose als Leine sieht ganz schön blöd aus.“

„Dann kann es ja losgehen.“ Tante Fee stieß das Gartentor auf. Ein Hupen ließ sie zusammenfahren. Ein gelber Lieferwagen kam angebraust und hielt mit quietschenden Reifen direkt vor dem schiefen Gartenzaun. Die Tür schwang auf und Joschi sprang heraus.

„Ach je …“, hauchte Tante Fee.

„Hey, Luna!“ Joschi winkte ihr mit einem Päckchen zu. „Hier hab ich was für deinen Bruder Jaromir.“ Er reichte ihr das kleine Paket.

„Danke“, sagte Luna und las den Absender: Spezialversand für Artisten. Was Jaromir da wohl wieder Verrücktes bestellt hatte.

„Hallo Joschi“, sagte Tante Fee und verknotete ihre Finger ineinander. „Willst du mich heute denn gar nicht begrüßen?“ Sie schlug die Augen nieder und bohrte eine Spitze ihrer Stöckelschuhe in die Erde.

Das Gesicht des Paketboten lief knallrot an.

„Äh …“ Verwirrt blickte er von Fee zu Luna und dann wieder zu Fee. „Ich … äh … bitte entschuldigen Sie … kennen wir uns?“

„Na, hör mal!“, fauchte Tante Fee.

Luna stieß sie mit dem Ellbogen in die Seite und zischte: „In dieser Gestalt kann er dich doch gar nicht erkennen!“

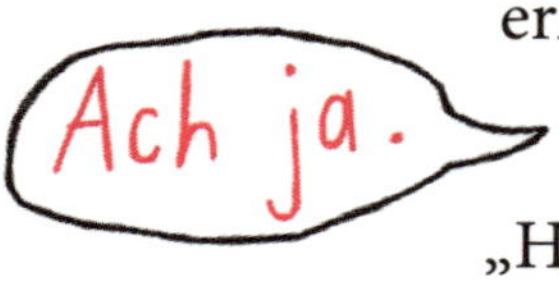

Tante Fee sah an sich hinab. „Hatte ich ganz vergessen.“

Der Paketbote räusperte sich.

„Na, dann will ich mal schauen, ob eure Pakete schon abholbereit sind, was?“ Er grinste schief. „Nur eins noch, Luna. Grüß bitte deine Tante

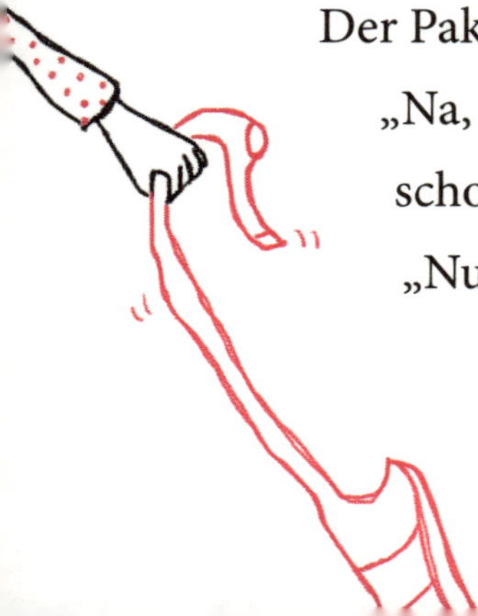

Fee von mir. Nur für den Fall, dass ich sie nicht mehr sehen sollte, ja?“

„Wird gemacht“, versprach Luna. Joschi nickte ihnen zu und marschierte auf das Haus zu.

Der Windhund zog und zerrte an der Strumpfhosenleine.

„Ist das Päckchen für mich?“, rief da jemand hinter ihnen.

Luna wirbelte herum und sah nichts als ein Paar weiße Hosenbeine mit grünen Punkten. Erst als sie den Kopf in den Nacken legte, konnte sie in die Augen ihres Zwillingsbruders Jaromir schauen.

„Ja, für dich!“, rief sie nach oben. „Aber, he, wie bist du denn so schnell gewachsen?“ Sie kicherte.

„Ich probiere meine neuen Stelzen aus“, erklärte ihr Bruder, während er auf der Stelle tippelte, um das Gleichgewicht zu halten. „Sind Profistelzen, die an die Beine geschnallt werden. Reich mal hoch.“ Er beugte sich vornüber und nahm das Päckchen entgegen. „Das sind bestimmt meine Jonglierfackeln“, sagte er.

„Jonglierfackeln?“, wiederholte Luna.

„Kein Wort zu Matti und Gwenda, ja?“ Jaromir klemmte sich das Paket unter den Arm und stakste in den Garten zurück.

„Nun müssen wir aber los“, drängelte Tante Fee und marschierte voraus. Luna hatte Mühe, mit ihr Schritt zu halten, zumal der Windhund eindeutig in eine andere Richtung wollte.

„Alles in Ordnung?“, fragte sie keuchend, als sie ihre Tante endlich eingeholt hatte. „Du siehst plötzlich so traurig aus.“

„Joschi hat mich kaum beachtet“, murmelte Tante Fee und schniefte. „Er hätte doch zumindest ahnen können, wer ich in Wirklichkeit bin.“

„Ich soll dich übrigens von ihm grüßen“, sagte Luna und zwinkerte ihr zu.

„Na, wenigstens etwas.“ Ein kleines Lächeln erschien auf Fees Gesicht.
„Wo findet das komische Casting eigentlich statt?“, fragte Luna, um ihre Tante von weiteren trüben Gedanken abzulenken.
„Stell dir vor, in der Einkaufspassage.“ Fee klatschte in die Hände. „Hach, ich bin ja so schrecklich, schrecklich aufgeregt. Du auch, Lunilein?“
„Nein“, sagte Luna. „Nur neugierig.“
Sie war echt gespannt, wo diese ausgeflippte Tante-Fee-Aktion hinführen würde. Jedenfalls würden sie bestimmt jede Menge Spaß haben.

„Hier wohnen Sie, Frau Wesselmeier“, sagte Emi und zeigte auf ein weiß verputztes Einfamilienhaus mit Blumenkästen auf den Fensterbänken.
„Ach, wirklich?“ Die Rektorin klang nicht besonders begeistert.
„Erinnern Sie sich denn nicht?“ Emi sah sie verblüfft an. „Nicht einmal an Ihr eigenes Haus?“

„Ehrlich gesagt: nein.“ Frau Wesselmeier lächelte gequält. „Es fühlt sich sogar recht seltsam an, dass ich hier wohnen soll.“

„Schauen Sie doch mal nach, ob Sie einen Haustürschlüssel dabeihaben“, schlug Emi vor.

„Nun …“ Frau Wesselmeier knipste ihre Handtasche auf und sah hinein.

„Ja, da ist etwas.“ Sie zog einen dicken Schlüsselbund heraus. „Aber ich habe keine Ahnung, welcher es ist. Beim besten Willen nicht.“ Die Rektorin runzelte die Stirn.

„Macht nichts“, sagte Emi. „Dann klingeln wir eben. Vielleicht ist ja jemand zu Hause.“

Als sie gemeinsam vor der Haustür standen, drückte Emi auf den Klingelknopf. Die Rektorin wippte nervös auf ihren Absätzen. Sie fing sogar an, an ihrem Daumennagel zu knabbern.

Die Tür schwang auf.

Zwei Frau Wesselmeiers starrten sich an.

Zeitgleich klappten ihr Münder auf.

Sie musterten sich gegenseitig von der Hornbrille über die blaue Strickjacke und den grauen Rock bis zu den Spitzen der flachen Allwetterschuhe.

Alles sah exakt gleich aus.

Dann hoben sie beide ihr Kinn und funkelten sich an.

Die Frau in der Tür fasste sich zuerst.

„Was fällt Ihnen ein, wie ich auszusehen?“, schnaufte sie. „Das ist ja eine Unverschämtheit.“

„Na, hören Sie mal. Das müsste ich ja wohl Sie fragen und nicht umgekehrt!“, fauchte die andere Wesselmeier.

Emi trat vorsichtshalber einen Schritt zur Seite und drückte Kawumm fest an ihren Bauch. Doch er ruckelte sich sofort wieder frei.

„Sie sind eine Betrügerin!“ Die Wesselmeier ballte die Fäuste. „Ich werde die Polizei rufen.“

Die Rektorin neben Emi ließ ein kurzes, schrilles Lachen hören. „Machen Sie das ruhig“, feixte sie. „Wollen wir doch mal sehen, wer hier die Betrügerin ist. Wetten, die legen Ihnen gleich Handschellen …“

Doch sie konnte ihren Satz nicht beenden, denn in diesem Moment knallte die Tür vor ihrer Nase zu.

Peng!

Was für eine Frechheit! schrie sie. Vor Wut war ihr Gesicht knallrot geworden. „So behandelt man keine Rektorin. Ich werde mich beschweren. Den Schulrat werde ich einschalten.“ Sie presste ihren Daumen auf den Klingelknopf und ließ es dauerschellen. Doch die Tür blieb geschlossen.

„Wie ausgesprochen feige“, sagte sie und wischte sich ein paar unsichtbare Staubflusen vom Ärmel.

„Na, super“, stöhnte Emi. Was um Himmels willen sollte sie jetzt mit der zweiten Rektorin machen?

Das Beste würde sein, wenn sie die Doppelgängerin einfach dorthin zurückbrachte, wo sie sie gefunden hatte. In den Wintergarten von Lunas Tante Fee.

10

Auf dem Weg zur Einkaufspassage …

… verhedderten sich Lunas Beine immer wieder in der Strumpfhosen-Leine. Der Grund dafür war, dass der Windhund die ganze Zeit hin und her sprang und ihr alle paar Meter vor die Füße geriet.

„Oh Mann, du bist echt tapsiger als das schlimmste Dinosaurier-Baby!“, rief sie, als sie mal wieder fast über ihn gestolpert wäre.

„Komm schon, Lunilein“, drängelte Tante Fee. „Wir kommen noch zu spät.“

In diesem Augenblick zog es erneut kräftig an der Leine. Luna fasste sie mit beiden Händen. Sie konnte trotzdem nicht verhindern, dass der Windhund lospreschte und sie einfach hinter sich herzog.

„He, was soll das?“, schimpfte sie und ließ die Leine los, um nicht zu hinzufallen. Da sah sie, dass Emi gerade

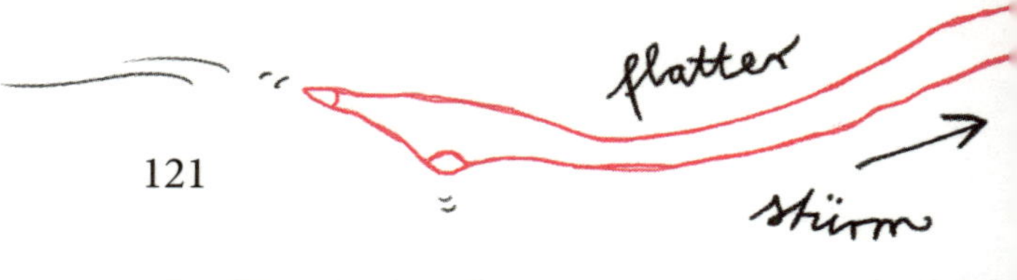

mit Kawumm auf dem Arm um die Ecke bog. Sie hatte noch immer die Rektorin im Schlepptau. Der Windhund flog in langen Sätzen auf Emi zu und sprang an ihr hoch. Blitzschnell hielt die Rektorin Emi an den Schultern fest, damit sie von dieser stürmischen Begrüßung nicht umgeworfen wurde. Luna hechtete neben den Windhund, griff nach der Leine und zog ihn zurück.

sagte Emi. „Fast hätte ich Kawumm fallen gelassen. Mann, was will dieser Riesenhund immer von mir? Versteh ich nicht.“

„Hi, erst mal“, sagte Luna. „Was macht ihr hier? Ich dachte …“

„Dahinten im Haus war schon eine Rektorin“, unterbrach Frau Wesselmeier sie. Ihr Gesicht verfinsterte sich. „Und dann hat uns diese Betrügerin einfach die Tür vor der Nase zugeschlagen. Aber das wird ein Nachspiel haben. Darauf kann sie sich verlassen.“

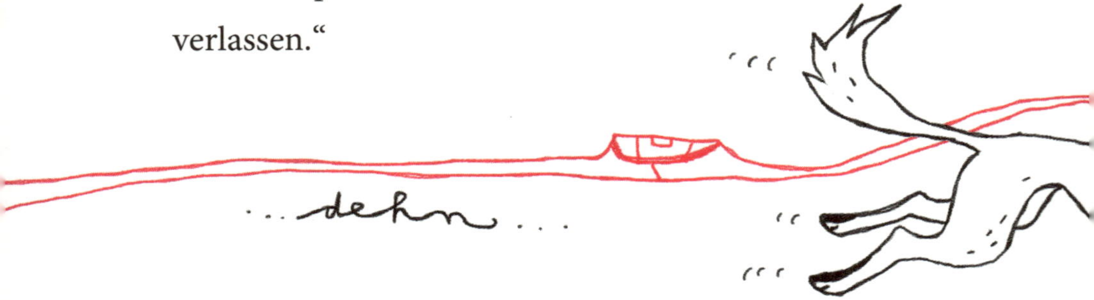

„Ich versteh kein Wort“, flüsterte Luna Emi zu. „Was ist denn passiert?“

„Genau das frag ich mich auch die ganze Zeit. Frau Wesselmeier gibt es doppelt und …“ Emi verstummte und setzte Kawumm auf den Boden. „Hier, guck dir das an. Er stolpert immer nur im Kreis herum. Und vorhin hat er versucht, einen Regenwurm zu fressen.“

„Nun reicht es aber!“, schimpfte Tante Fee, die neben ihnen aufgetaucht war. Sie griff Lunas Hand. „Das Casting beginnt gleich und ihr steht hier rum und plaudert. Kommt, wir müssen weiter.“ Sie rannte los und zog Luna mitsamt Windhund hinter sich her. Emi schnappte sich den Welpen und folgte ihnen.

„Wartet!“, rief die Rektorin. Emi seufzte. Die würden sie wohl so schnell nicht wieder loswerden.

Großonkel Augustin brütete noch immer über seinen Berechnungen. Er prüfte die Liste der Zutaten, sämtliche Mengenangaben und gleich danach die genaue Abfolge der Verarbeitung. Er kam und kam nicht dahinter, was schiefgegangen war. Warum hatte sich das mechanische Huhn nach dem Verschlucken der Zuckerperle in einen Hundewelpen verwandelt? Und warum war aus dem Welpen ein ausgewachsener Windhund geworden? Dafür gab es keine vernünftige Erklärung. Mit Verjüngung hatte das jedenfalls nichts zu tun. Es blieb nur eine Möglichkeit: Der Computer hatte ihm verkehrte Zutaten genannt oder die Mengen falsch berechnet. Er musste ihn befragen.

Augustin drehte den Schirm seiner Kappe nach vorne.

A-Punkt-Zwei-Punkt-Null auf Einschaltmodus. kommandierte er. Während sich Bildschirm und Kopfhörer in Position brachten, fügte Augustin hinzu: „Und diesmal keine Landkarte mit Standortbestimmung, keine Uhrzeit und auch keinen Wetterbericht.“ Das Display flackerte.

„Und was ist", fragte der Computer, „mit dem Vorsorgetermin beim Zahn..."

„Ich will nichts davon hören!", fuhr Augustin ihn an. In den Kopfhörern grummelte es.

„Du tust jetzt genau das, was ich dir sage", befahl Großonkel Augustin. „Nicht mehr und nicht weniger. Überprüfe sämtliche Zutaten und Mengenangaben, die du mir gegeben hast. Vergleiche sie mit dem Wasser des Jungbrunnens. Ich will wissen, ob sie hundertprozentig übereinstimmen. Dann analysiere …"

„Jungbrunnen?", wiederholte der Computer. „Welcher Jungbrunnen?"

„Na, der, dessen Wasserzusammensetzung du gestern berechnet hast." Augustin rang die Hände.

„Kein Ergebnis", meldete der Computer.

wollte der Erfinder wissen.

„Weil es nicht das Wasser eines Jungbrunnens war, das analysiert worden ist", schnarrte A.2.0.

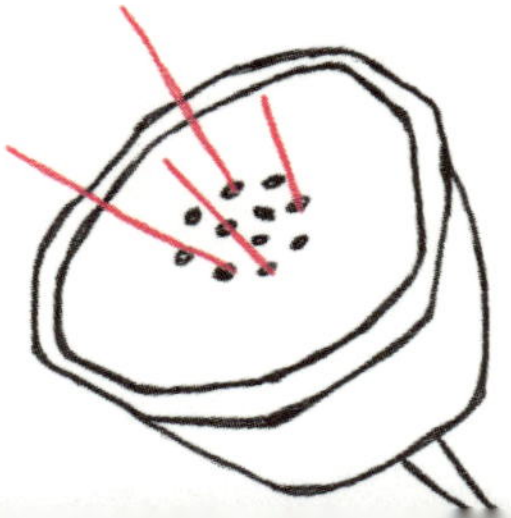

„Das kann ja wohl nicht wahr sein.“ Augustin raufte sich die Haare. „Was war es dann, wenn kein Jungbrunnen-Wasser, hä?“, polterte er.

„Die Analyse, durchgeführt vor 23 Stunden, 34 Minuten und 55 Sekunden, betraf das Wasser des Wunschbrunnens“, antwortete der Computer trocken.

„Was?“ Großonkel Augustin riss die Augen auf. „Wiederhol das noch mal.“

„Die Analyse, durchgeführt vor 23 ...“

„Nein, nur das letzte Wort sollst du sagen“, unterbrach Augustin den Computer. „Was für ein Brunnen war das, von dem du da gerade gefaselt hast?“

„Wunschbrunnen“, sagte der Computer.

Ein Wunsch-brun-nen? rief Großonkel Augustin.

„Wie in aller Welt bist du auf einen Wunschbrunnen gekommen?“ So ein Trottel von Computer, dachte er wütend. Der hat wohl einen Wackelkontakt im Mikroprozessor.

„Die Anweisung lautete“, sagte der Computer unbeirrt, „die Zutaten für den Wunschbrunnen ...“

„Jungbrunnen“, fiel Augustin ihm ins Wort. „Ich sagte Jungbrun-nen. Und zwar klar und deutlich und nicht genuschelt.“

„Das ist nicht korrekt“, sagte der Computer.

„Ist es doch“, knurrte Augustin.

„Ist es nicht“, beharrte der Computer.

„Dann beweis mir das“, verlangte der Erfinder.

„Kein Problem“, sagte A.2.0. „Die Arbeitsanweisung wurde aufgenommen und abgespeichert.“ Schon hörte der Erfinder seine eigene Stimme, die brüllte: „Du analysierst jetzt sofort die Zusammensetzung des Wassers dieses dreimal verdingsten Wunschbrunnens. Kein blödes Wiederholen und kein

dämliches Nachgefrage mehr. Ist das klar?“
Großonkel Augustin wurde zuerst tomatenrot und im nächsten Augenblick schneeweiß im Gesicht. Er ließ sich auf einen Hocker fallen und vergrub den Kopf in seinen Händen.
Wunschbrunnen statt Jungbrunnen … Das war die totale Total-Katastrophe. Jetzt wurde ihm auch klar, warum das ganze Durcheinander entstanden war.

rief es in diesem Moment hinter ihm. Großonkel Augustin wandte sich um. Der kleine Augustin stand im Laufstall und schlug mit beiden Händen auf das Holzgeländer.
„Njam, njam“, wiederholte er.
„Hm. Njam, njam.“ Großonkel Augustin rieb sich den Nasenflügel. „Das soll wohl heißen, dass du Hunger hast.“ Er überschlug, was schneller gehen würde: den kleinen Augustin zu seinen Eltern zu bringen oder ein paar Kekse für ihn aus der Teeküche zu holen.
Er entschied sich für die Kekse.

Die kleine Teeküche war vollgestopft mit Dingen, die dort eigentlich nicht hingehörten. So musste Großonkel Augustin erst ein paar Kisten mit fehlgeschlagenen sprechenden Quietscheentchen beiseiteschieben und eine Sammlung von Fachbüchern umstapeln, um an das Küchenregal zu kommen. In der ersten Keksdose, die er öffnete, entdeckte er einen seiner Sich-selbst-stopfenden-Socken, den er schon seit Wochen gesucht hatte.

In der zweiten lagerte ein Anti-Bartwuchs-Pulver, das leider eine Fehlentwicklung gewesen war. Statt am Kinn ließ das Pulver lange Barthaare aus Ohren und Nase sprießen. Das hatte zu vielen wütenden Reklamationen geführt.

Erst in der dritten Dose fanden sich zwei halbe Butterkekse.

„Besser zwei halbe als kein ganzer“, murmelte Großonkel Augustin und schüttelte die Keksreste in seine Hand.

„Njam, njam“, rief Augustin der Zweite und begann, laut zu schluchzen.

„Nicht weinen!“, rief Augustin der Erste. Er konnte es

nicht ertragen, wenn sein kleiner Großneffe traurig war. „Bitte, bitte nicht. Gleich gibt es ja was zu futtern." Hastig stellte er die Dose zurück ins Regal. Mit großen Schritten eilte er ins Labor. Doch bevor er den kleinen Augustin erreichte, rutschte er auf den verstreuten Zuckerperlen aus. Mit einer affenartigen Geschwindigkeit sauste er auf den Laufstall zu, kippte vornüber und konnte sich gerade noch am Geländer festklammern. Die Zuckerperlen rollten und sprangen in alle Richtungen.

„Dodel, dodel, njam, njam!", rief der kleine Augustin und schob seine Hand durch die Holzstäbe. Er angelte eine orangefarbene Zuckerperle und steckte sie sich in den Mund.

„Nein!", schrie Großonkel Augustin. Aber es war schon zu spät.

11

„Da vorne ist die Einkaufspassage!" ...

... jubelte Tante Fee. „In der Beschreibung stand, die Models sollen durch den Seiteneingang reingehen. Dann also bis gleich. Und applaudiert kräftig, ja?“ Sie winkte ihnen zum Abschied und stürmte davon. Emi sah ihr nach, bis sie rechts um eine Mauerecke verschwand.

„Und du bist dir wirklich ganz sicher, Luna“, fragte sie, „dass sie deine Tante Fee ist?“

„Klar“, antwortete Luna. „Ich hab sie getestet. Sie ist hundertpro meine Tante. Weißt du, bei uns Osterbergs passieren andauernd so komische Sachen. Neulich erst, da hat Großonkel Augustin versucht, unser Haus zum Fliegen zu bringen. Damit wir alle zusammen verreisen können, hat er behauptet. Du kannst dir gar nicht vorstellen, wie viel Arbeit es war, die Wasserrohre wieder zusammenzuflicken, die aus der Erde gerissen waren.

Und die ganzen Elektroleitungen erst."
„Euer Haus ist geflogen?" Emi starrte sie an. „Echt?"
Luna machte eine wegwerfende Handbewegung. „Nur drei Meter hoch. Dann hat Gwenda den Rotor ausgestellt und gesagt, das Haus soll gefälligst da stehen bleiben, wo es schon seit fünfzig Jahren steht. Sie kann sehr energisch sein."

sagte Emi und versuchte, sich vorzustellen, wie es wohl ausgesehen hatte, als das Haus der Osterbergs drei Meter über dem Erdboden schwebte.

„Und ein paar Wochen vorher", fuhr Luna fort, „da wollte er ein Kaugummi entwickeln, mit dem man alle Sprachen der Welt sprechen kann, während man es kaut. Er hat es an sich selbst getestet. Und weißt du, was passiert ist?" Sie prustete los. „Er hat alle deutschen Schlagerlieder rauf- und runtergesungen. Eine ganze Woche lang. Ununterbrochen. Und das, obwohl er das Kaugummi schon längst ausgespuckt hatte."

Jetzt wurde Emi klar, warum Luna sich kein bisschen über Tante Fees Verwandlung wunderte. Für sie waren verrückte Dinge ganz normal.

Emis Arme fühlten sich lahm an. So lange hatte sie Kawumm noch nie mit sich herumgetragen. Dazu war er früher viel zu wild gewesen. Jetzt schien er gar nicht mehr richtig laufen zu können. Der Windhund dagegen ließ sich nur schwer bändigen. Er zog und zerrte wie wild an seiner Strumpfhosen-Leine. Erst als Luna sich neben ihn hockte und ihn am Hals kraulte, wurde er ruhiger.

„Das ist Kawumms Lieblingsstelle", sagte Emi.
„Was?", fragte Luna.
„Da, wo du den Windhund gerade am Hals streichelst. Das heißt, es war Kawumms Lieblingsstelle. Guck mal!" Emi kraulte Kawumm ein Stückchen unterhalb der Schlappohren. Der Welpe zuckte zurück. Sein Kopf drehte sich mit einer eckigen Bewegung von links nach rechts. „Siehst du?" Emi ließ die Hand sinken. „Er mag es nicht mehr. Er hat sich total verändert. Dafür ist der da", sie nickte in die Richtung des Windhundes, „ungefähr so, wie Kawumm früher einmal war."
„Hm, merkwürdig." Luna runzelte die Stirn. „Der Windhund ist so ähnlich wie Kawumm. Und Kawumm

verhält sich wie das mechanische Huhn. Tante Fee sieht total anders aus als vorher und Matilde ist verschwunden."

„Dafür gibt es die Rektorin doppelt", fügte Emi hinzu.

„Das sieht ganz nach einem Großonkel-Augustin-Chaos aus", sagte Luna. „Er muss irgendetwas entwickelt haben, das alle so verändert hat. Aber er würde niemals eine seiner Erfindungen an anderen ausprobieren. So was macht er nicht. Er testet immer nur an sich selbst."

„Aber wie ist es dann passiert?", überlegte Emi. Sie dachte zurück an den Moment, in dem sie Matilde und Kawumm im Labor des Erfinders gesucht hatten. Überall hatten diese kleinen Kugeln herumgelegen.

Die Zuckerperlen! riefen Emi und Luna wie aus einem Mund.

„Haben Sie heute zufälligerweise ein paar bunte Zuckerperlen gegessen?", fragte Emi Frau Wesselmeier.

„Nein", antwortete die Rektorin. „Aber da waren welche in meinem Tee."

„Na also!", rief Luna. „Die Zuckerperlen sind schuld. Kawumm und Matilde müssen sie vom Boden gefressen haben.“

„Deine Tante Fee und ihr Besuch haben sie in den Tee getan“, fügte Emi hinzu.

„Und Peng haben sie sich irgendwie ganz komisch verwandelt. Aber warum ist alles so durcheinander?“ Luna legte ihre Stirn in Falten.

„Das möchte ich auch gern wissen“, sagte die falsche Rektorin. „Denn jetzt bin ich mir fast sicher, dass ich doch deine Mutter bin, Emi. Nur mit dem Äußeren, da stimmt etwas nicht.“ Sie blickte an sich runter und zupfte an dem grauen Rock.

Emi wurde schwummerig zumute. Doch bevor sie weiter darüber nachdenken konnte, was es bedeuten würde, wenn Frau Wesselmeier nicht Frau Wesselmeier, sondern ihre Mutter war, machte es laut Plopp. Vor Schreck ließ sie den Welpen fallen.

„Oh nein!“, rief Emi. „Hast du dir wehgetan?“ Pinker Qualm hatte sich ausgebreitet. Emi ging in die Hocke und tastete nach dem kleinen Hund. Ihre Hände fuhren am Boden entlang. Da zuckte sie zurück, schoss hoch

und keuchte: Was ist das?

Sie hatte eindeutig etwas aus Eisen ertastet. Und es hatte sich bewegt. Der Rauch verzog sich und nun war es Luna, die ein erstauntes Pfeifen von sich gab.
„Matilde!“, rief sie. „Was machst du denn hier?“
Wieder gab es ein lautes Plopp. Dieses Mal wurden sie in hellblauen Nebel gehüllt.
Luna fuchtelte ihn mit ihren Händen weg.
„Ich bin ja gespannt, was jetzt wieder passiert ist.“
Sie sah sich um und begann, heftig zu kichern.
„Schaut mal“, rief sie zwischen zwei Glucksern, „was da an meiner Strumpfhosen-Leine hängt.“
„Kawumm!“, riefen Emi und die falsche Rektorin gleichzeitig.

Emi wusste nicht, worüber sie sich mehr wundern sollte. Darüber, dass dort, wo gerade noch der Windhund gestanden hatte, Kawumm an der Leine zog. Oder darüber, dass sich der Welpe in das mechanische Huhn verwandelt hatte. Langsam wurde es Zeit, aus diesem merkwürdigen Traum wieder aufzuwachen.
Luna drückte Emi die Strumpfhosen-Leine in

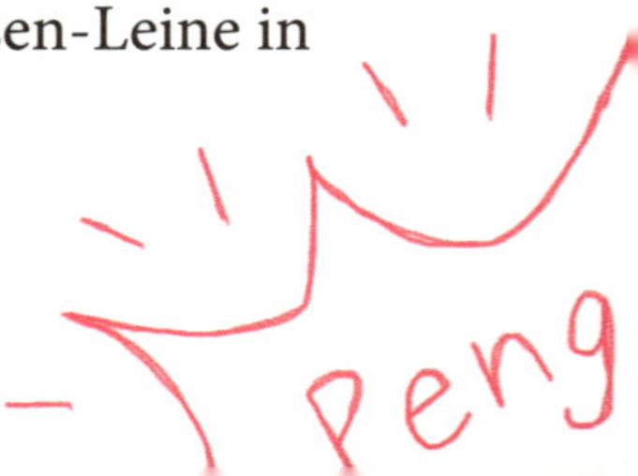

die Hand und kniete sich neben das mechanische Huhn. „Bist du okay, Matilde?“ Sie strich ihr über den Eisenkopf, untersuchte ihre Flügel und betastete die dünnen Beine. „Oje, eins ist total verbogen. Wir müssen Großonkel Augustin bitten, dich wieder in Ordnung zu bringen.“

Das Huhn gluckte leise. Luna nahm es auf den Arm und drückte es fest an sich. „Mann, was hab ich dich vermisst.“

Emi löste die Strumpfhose vom Halsband und stopfte sie in ihre Hosentasche. „Jetzt sind zum Glück alle zurückverwandelt“, sagte sie und streichelte Kawumms samtiges Fell.

„Sieht fast so aus“, murmelte Luna.

„Nein, ich noch nicht“, bemerkte die Rektorin.

„Oh Schreck!“ Luna war etwas Furchtbares eingefallen. „Stellt euch vor, wenn Tante Fee sich auch schon zurückverwandelt hat. Oder wenn es auf dem Laufsteg passiert. Wie peinlich für sie. Wir müssen sie aufhalten. Sofort!“

12 Im Einkaufszentrum war es rappeldickevoll.

Die Luft war erfüllt von Stimmen und Gelächter. Aus zwei Meter hohen Boxen dröhnte Musik.

Zumindest hatte die Show noch nicht begonnen.

Die Zuschauer drängten sich dicht um den Laufsteg. Dort, wo er begann, waren riesige Fotowände aufgebaut, auf denen blass geschminkte Model-Gesichter zu sehen waren.

„Genau dort müssen wir hin“, sagte Luna und zeigte auf die Riesenposter. „Wetten, dahinter wartet Tante Fee auf ihren Auftritt?“

„Was meinst du?“, fragte Emi. „Ob es schon passiert ist?“ Sie reckte den Hals.

„Glaub ich nicht“, antwortete Luna. „Kein Rauch. Keine Aufregung. Vielleicht hat sie Glück.“

„Zwischen den vielen Leuten hier gibt es nicht die kleinste Lücke“, stellte Emi fest. Sie sah sich verzweifelt um. „Da kommen wir nie im Leben durch."

„Ich fürchte, da hast du recht", stimmte ihr die falsche Rektorin zu.

„Das wollen wir doch mal sehen", sagte Luna. Sie machte ihre Augen schmal, drückte Matilde fest an den Bauch, schob ihre Ellenbogen zur Seite und rief: „Dies ist ein Notfall. Lassen Sie uns durch!" Mit gesenktem Kopf bohrte sie sich durch die Menschenmenge. Um das Geschimpfe ringsherum kümmerte sie sich nicht. Emi dagegen war es ziemlich peinlich. Sie sah die ganze Zeit zu Boden, während sie und die falsche Rektorin ihr folgten.

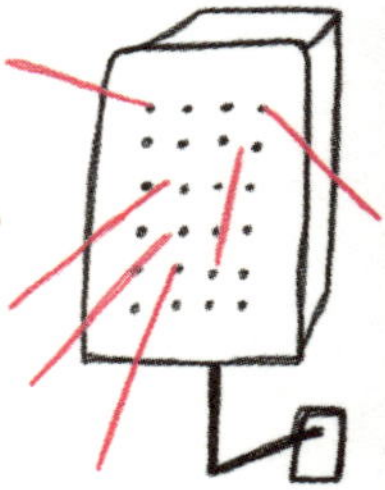

Sie hatten es fast bis zu einer der Fotowände geschafft, als ein Mann mit zurückgekämmten Haaren und dunklem Sakko auf den Laufsteg trat.

„Herzlich willkommen zum Superstar-Model-Casting!",

dröhnte es aus den Lautsprechern.

Der Mann breitete die Arme aus. Er rief: „Bühne frei für unsere Supermodels!“, und sprang hinter eine der Fotowände. Emi stellte sich auf die Zehenspitzen, um besser sehen zu können. Die erste Kandidatin erschien. Sie trug ein knappes Top, zerfranste, kurze Jeans und sehr hohe Schuhe. Mit schwingender Hüfte schritt sie über den Laufsteg und lächelte breit. Auf ihrem Bauch klebte die Nummer 14. Fotografen ließen ihre Kameras klicken und ein Blitzlichtgewitter entstehen. Ein paar der Zuschauer klatschten höflich.

„Komm! Wir haben keine Zeit zu verlieren“, zischte Luna und drängelte sich weiter durch die Zuschauerreihen. Endlich erreichten sie die Fotowand. Doch dort versperrte eine Frau mit langen dunklen Haaren und einer Sonnenbrille ihnen den Weg.

sagte sie.

„Wir müssen so schnell wie möglich mit Fee Osterberg sprechen!“, rief

Luna. „Sonst passiert ein Unglück."

„Das Kind sagt die Wahrheit", sagte die falsche Rektorin. „Es ist wirklich sehr wichtig. Bitte helfen Sie uns."

Die Frau schien unsicher zu werden.

„Worum geht es denn?", wollte sie wissen.

Emi beobachtete, wie die Nächste den Laufsteg betrat. Zum Glück war es wieder nicht Lunas Tante. Diese Kandidatin hatte etwas Mühe, auf den hohen Absätzen das Gleichgewicht zu halten.

„Fee Osterberg ist meine Tante und darf auf keinen Fall hier mitmachen!", erklärte Luna. „Gerade hat nämlich ihr Arzt angerufen. Sie hat eine schreckliche Krankheit. Furchtbar ansteckend. Und jeden Moment könnte sie …" Im gleichen Augenblick ertönte neben ihnen ein lautes, sattes Plopp.

Matilde ließ ein erschrockenes Gackern hören und stemmte sich aus Lunas Armen. Mit flatternden Eisenflügeln ergriff sie die Flucht. Bunter Nebel breitete sich aus.

„Matilde, komm zurück!", schrie Luna.

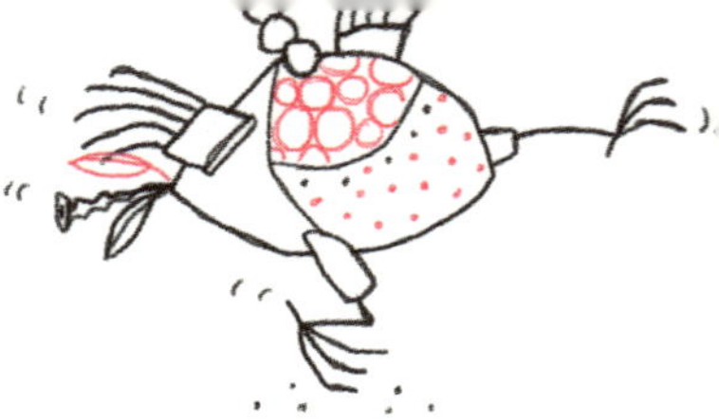

„Oh Gott, was ist passiert?“, rief die Frau mit der Sonnenbrille.
Der Qualm ließ sie husten. Emi wedelte mit der Hand und … Sie zuckte zusammen.
Neben ihr stand ihre Mutter. Sie war tatsächlich die falsche Rektorin gewesen.

Da ploppte es ein zweites Mal.
„Oh nein, die Arme!“ Luna schlug die Hände vor die Augen. Emi starrte zum Laufsteg. Dort stieg Tante Fee gerade aus einer bunten Wolke. Sie sah exakt so aus, wie Emi sie kennengelernt hatte: leicht mollig, in pluderigen Hosen, weiter Bluse, Leder-Sandalen und einem langen Seidenschal um den Hals.
Im Publikum begann es zu raunen.

Lunas Tante schien ihre Rückverwandlung vor Aufregung gar nicht bemerkt zu haben. Mit geradem Rücken und rosigen Wangen schritt sie über den Steg. Am Ende angekommen verteilte sie Kusshände in alle Richtungen.

„Da vorn ist Matilde!“ kreischte Luna. Das mechanische Huhn flatterte über Köpfe und Schultern und rettete sich mit einem lauten Gackern auf den Laufsteg. Tante Fee war gerade umgedreht und schlenderte mit hoch erhobenem Kopf zurück. Da entdeckte sie das mechanische Huhn.

„Nanu, wo kommst du denn her, Matildchen?“ Sie lachte, beugte sich hinab und hob sie hoch. Matilde gluckte leise und plinkerte sie mit schief gelegtem Kopf an.

„Hier, meine Damen und Herren“, verkündete Tante Fee, „sehen Sie das schönste Huhn der Welt.“

Sie drehte sich mit Matilde einmal im Kreis herum, lächelte und verließ den Laufsteg mit einem fröhlichen Winken.

Im Einkaufszentrum war es totenstill. Niemand klatschte, niemand hustete und keiner sagte ein Wort. Luna sah sich besorgt um. Die Zuschauer starrten nur die Fotowand an, hinter der Fee verschwunden war.

Luna schluckte schwer. Sie würden ihrer Tante das Herz brechen, wenn sie nicht, wie bei den anderen Kandidatinnen, applaudierten. Wenn sie doch nur ein ganz kleines bisschen klatschen könnten. Schon wollte sie selbst damit anfangen in der Hoffnung, dass ein paar Leute ihrem Beispiel folgen würden, als die Frau mit der Sonnenbrille rief: „Das war ja einfach nur großartig!“

Endlich schienen die Zuschauer aus ihrer Erstarrung zu erwachen. Sie brachen in Jubel aus, klatschten und trampelten mit den Füßen. Einige riefen sogar: „Bravo! Mehr davon!“

Das taten sie so lange, bis der Moderator hinter die Fotowand hastete und Tante Fee mitsamt Matilde zurück auf den Laufsteg zog.

Die Leute johlten jetzt noch lauter und der Applaus wollte gar nicht mehr enden.

„Was ist denn plötzlich mit denen los?“, schrie Luna in Emis Ohr.

„Jetzt sind die auch alle durchgedreht, fürchte ich“, rief Emi zurück.
„Nein“, sagte Frau Katzenhammer und lächelte. „Sie haben nur erkannt, was für eine ganz besondere Frau diese Fee Osterberg ist.“

Währenddessen saß die ehemalige Stubenfliege Holda auf einer Dahlie im Garten der Osterbergs. Der Blütenkopf der Blume neigte sich unter dem Gewicht des riesigen Schmetterlings weit nach unten. Immer wieder schielte Holda zu beiden Seiten und bewunderte ihre paradiesbunten Flügel.
Was für eine herrliche Schönheit sie war. Niemand weit und breit konnte es mit ihr aufnehmen.
Eine Fliege summte an ihr vorbei.
„Pah, wie gewöhnlich“, schnaubte Holda und wandte

sich ab. „So ein Schmetterling wie ich ist mindestens eine Million Mal vornehmer.“ Sie hatte verdrängt, dass sie selbst noch vor wenigen Stunden eine ganz gewöhnliche Stubenfliege gewesen war.

In diesem Augenblick ploppte es leise.

Ein weißes Rauchwölkchen breitete sich aus.

Und mit einem Mal war Holda wieder die kleine, dicke Stubenfliege.

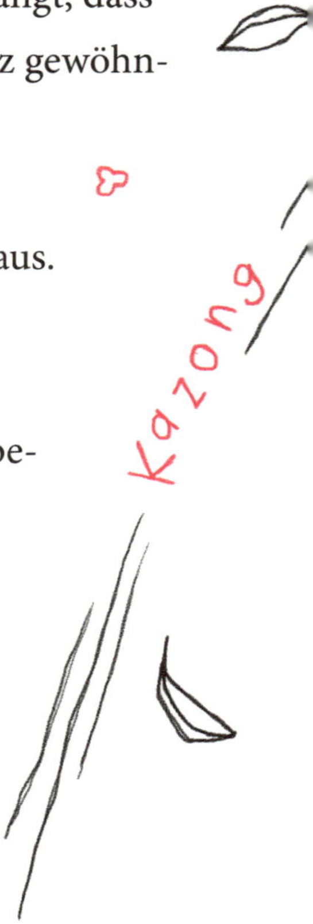

Die Blume, von dem ungewohnten Gewicht befreit, schnellte hoch. Sie katapultierte Holda mit Kazong zurück Richtung Wintergarten. Die Glastür stand offen und die Fliege schoss ungebremst auf die Johannisbeer-Sahnetorte zu.

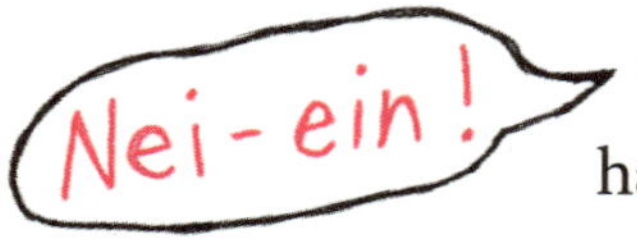

schrie sie, doch es half ihr nichts.

Schon bohrte sie sich mit dem Kopf voran in die süße Sahnecreme-Masse.

13

Auf dem Weg zu Großonkel Augustin …

… sammelten Luna und Emi sämtliche Zuckerperlen ein, die sie nur finden konnten. Oben angekommen klopften sie an die Tür des Labors. Gleich darauf hörten sie, wie sich hastige Schritte näherten. Einen Augenblick später wurde der Schlüssel im Schloss herumgedreht.

„Er hat einfach abgeschlossen." Luna starrte verwundert die Tür an.

„Bestimmt hat er ein superschlechtes Gewissen", flüsterte Emi. „Wegen der Zuckerperlen."

„Du meinst, er weiß schon, was passiert ist?" Lunas Gesicht verfinsterte sich. „Aber dann muss er erst recht aufmachen." Sie klopfte energischer. „Wir müssen mit dir reden, Großonkel Augustin!", rief sie. „Über die Sache mit den Verwandlungsperlen." Gleich darauf hörten sie wieder den Schlüssel im

Schloss. Die Tür öffnete sich einen winzigen Spalt. Großonkel Augustin spähte hinaus. „Pst. Keiner darf euch hören. Kommt rein. Aber ganz, ganz leise.“ Er trat beiseite und ließ sie ein. Sofort drückte er die Tür wieder zu und verriegelte sie zweimal.

„Dodel, dodel!“, rief es fröhlich. Emi klappt der Mund auf und Luna rieb sich die Augen. Sie konnten nicht glauben, was sie da sahen. Im Laufstall saß ein Riesenbaby. Es war mindestens zwei Meter groß und sah exakt so aus wie der kleine Augustin.

Bis auf die Größe natürlich.

„Sag mal, was hast du denn jetzt schon wieder angestellt?“, fragte Luna den Großonkel und winkte ihrem kleinen Bruder zu.

„So ganz genau weiß ich das ja auch nicht.“ Er kratzte sich am Hinterkopf. „Es muss an diesen verflixten Dingern liegen.“ Er zeigte auf ein Schraubglas, das halb gefüllt war mit bunten Zuckerperlen. „Davon hat er nämlich eine genascht.“

Owei

sagte Emi.

„Und das ist nur passiert“, rief der Erfinder, „weil dieser Dämlack von einem Computer die Zusammensetzung des Wunschbrunnen-Wassers berechnet hat statt das des Jungbrunnens.“ Er raufte sich die Haare. „Nun haben wir den Salat. Wie soll ich das da“, er zeigte auf den kleinen großen Augustin, „Gwenda und Matti beibringen? Sie werden mir die Ohren lang ziehen und über meiner Halbglatze zusammenknoten.“

„Werden sie nicht“, sagte Luna und grinste. „Wir müssen sie nur ein paar Stunden ablenken. Und zwar so lange, bis der kleine Augustin sich zurückverwandelt hat.“

„Genau.“ Emi nickte.

Zurückverwandelt ?

Großonkel Augustin sah die beiden verdattert an. „Die Wirkung hält nicht an? Warum, wieso und woher wisst ihr das überhaupt?“

Sie erzählten ihm von Kawumm und dem mechanischen Huhn, von Emis Mutter, Tante Fee und ihrem spektakulären Auftritt beim Model-Casting.

„Sieht also ganz so aus“, murmelte Großonkel Augustin, „als würden die Zuckerperlen jeden für ein paar Stunden in das verwandeln, was er am allerliebsten sein möchte. Der kleine Augustin wünscht sich anscheinend, groß zu sein. Das ist er ja nun.“ Er nickte in Richtung Laufstall. „Tante Fee dagegen wollte schon immer ein Model sein.“ Ein Lächeln flog über sein Gesicht. „Schon als kleines, molliges Kindchen. Es muss also am Wunschbrunnen-Wasser liegen. Es erfüllt ganz offensichtlich Wünsche.“

„Meine Mutter wollte die Rektorin unserer Schule sein?“, fragte Emi entsetzt. „Das fass ich einfach nicht.“

„Dann muss es Matildes Wunsch gewesen sein, wie Kawumm zu werden“, sagte Luna.

„Sie wollte wohl so lebendig wie ein junger Hund sein“, überlegte der Erfinder. „Das kann man ja verstehen, wenn jemand nur

aus Eisen, Blech und Mikrochips besteht.“ Er kratzte sich am Kinn. „Der Welpe wiederum, der hinter dem Huhn in mein Labor gestürzt ist, wollte ein ganz großer Hund werden. Auch das liegt auf der Hand.“

„Aber wie ist er nur darauf gekommen, sich ausgerechnet zu wünschen, ein Windhund zu sein?“, wunderte Emi sich.

„Wenn man es recht bedenkt“, sagte Großonkel Augustin und sah aus dem Bullaugenfenster hinaus in den Himmel, „habe ich etwas wahrhaft Großes erfunden. Allerdings …“ Sein Blick wanderte zum Laufstall und seine Miene verdüsterte sich.

„Du kannst ganz beruhigt sein“, sagte Luna und tätschelte ihm den Arm. „Der kleine Augustin wird ja wieder klein. Wir haben übrigens alle Zuckerperlen aufgesammelt, die im Flur und auf der Treppe verstreut waren. Willst du sie wiederhaben?“

„Unbedingt! Tut sie hier hinein.“ Er schraubte das Glas auf und hielt es ihnen hin. Während Emi und Luna ihre Taschen leerten, klopfte es an die Tür.

Der Erfinder fuhr zusammen.
„Augustin? Sind Luna und der kleine Augustin bei dir? Ich kann sie nirgendwo finden.“ Die Klinke wurde mehrmals heruntergedrückt.
„Oh nein, Gwenda!“ Großonkel Augustin sah sich hektisch um. „Was mach ich nur? Sie darf auf keinen Fall das Riesenbaby sehen.“

„Seit wann schließt du denn ab?“, rief Gwenda durch die geschlossene Tür. „Sind sie nun bei dir oder nicht?“
„Ja … äh, nein … vielleicht doch nicht?“, stammelte Lunas Großonkel.“
„Ja, was denn nun? Mach endlich die Tür auf!“ Gwenda rüttelte an der Klinke.
„Warte, gleich komme ich!“, antwortete Augustin. „Wir spielen nur gerade Verstecken.“ Er machte wilde Handzeichen in Lunas Richtung.
„Ich glaube, er meint, du sollst deinen Bruder verstecken“, flüsterte Emi.
„Aber wie denn?“ Luna wirbelte im Kreis herum. „Hast du eine Idee?“

„Dort, die Wolldecke!“ Emi zog eine geblümte Decke von einem Sessel. „Wir werfen sie über Augustin und den Laufstall und du kriechst mit drunter. Ich versteck mich hinter dem Sessel.“

„Gute Idee“, sagte Luna.

Fünf Sekunden später ließ Großonkel Augustin Gwenda ins Labor.

„Ich soll jetzt nach Luna, ihrer Freundin Emi und nach Augustin dem Zweiten suchen“, erklärte er. „Sie haben sich perfekt gute Verstecke gesucht, nicht wahr?“ Er wies mit der Hand einmal quer durch den Raum. Unter der Wolldecke zappelte es.

„Ja, wahrhaftig“, sagte Gwenda. „Umwerfend gut. Aber nun muss ich den kleinen Augustin leider …“

„Meine liebe Nichte“, unterbrach der Großonkel sie. Er nahm ihre Hand und streichelte sie. „Immerzu seid ihr so fleißig, Matti und du. Ihr habt eine Auszeit verdient, findest du nicht auch? Ich bezahl euch einen Kinobesuch und ein richtig nettes Essen in einem Restaurant. Was haltet ihr davon?“

Gwenda sah ihn erstaunt an.

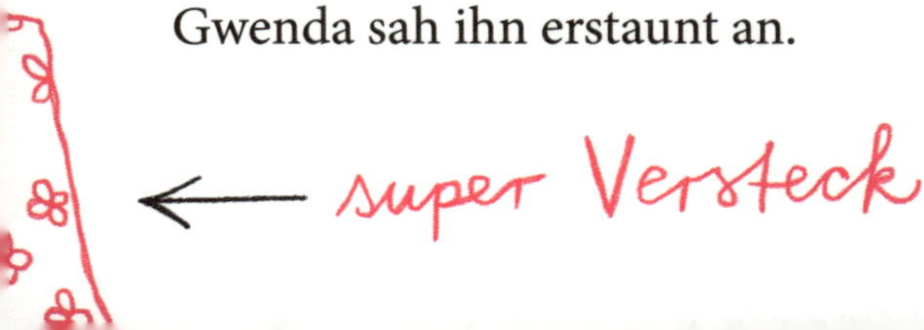

„Ja, aber … und der kleine Augustin?“

Luna schaute unter der Decke hervor. „Um den kümmern wir uns“, beeilte sie sich zu sagen. „Wir fragen, ob Emi hier schlafen darf, und machen es einfach zu zweit.“

Gwenda runzelte die Stirn. Schweigend sah sie von einem zum anderen.

rief Augustin gedämpft. Luna hielt krampfhaft die Decke fest, damit sie nicht verrutschte und das Riesenbaby zum Vorschein kam.

„Siehst du, dein Sohn will das auch“, sagte Großonkel Augustin. „Mach dir mal keine Sorgen. Wir schaukeln das Kindchen schon.“ Er zwinkerte ihr zu.

„Na gut. Wenn ihr meint?“ Ein Lächeln erschien auf ihrem Gesicht. „Dann freu ich mich jetzt einfach nur und sag es Matti. Vielen Dank euch dreien!“ Sie machte auf dem Absatz kehrt und rannte die Treppe hinunter.

„Puh.“ Großonkel Augustin ließ sich auf einen Stuhl fallen und fächelte sich Luft zu. „Das ist ja gerade noch mal gut gegangen. Und als Nächstes werden die verdingsten Zuckerperlen vernichtet. Damit nicht noch

Schlimmeres passiert.“

„Och, muss das wirklich sein?“, fragte Luna. „Du hast doch eben noch gesagt, dass du da etwas wahrhaft Großes …“

„Gerade habe ich mich anders entschieden“, unterbrach sie ihr Großonkel. „Es muss sein. Das Mittel taugt sowieso nichts, wenn die Wirkung bereits nach ein paar Stunden nachlässt. Höchstens als Scherzartikel.“

„Aber das ist doch cool!“, rief Luna. „Total lustig. Wie Fasching. Nur besser.“

„Viel zu gefährlich.“ Großonkel Augustin schüttelte energisch den Kopf. „Stell dir vor, jemand gibt sich für ein paar Stunden als der Präsident eines mächtigen Landes aus. Nicht auszudenken, was alles passieren könnte, wenn jeder Trottel für ein paar Stunden regieren könnte.“ Er rang die Hände. „Jede Menge Unfug, sag ich euch. Und Schlimmeres. Nee, nee. Die Dinger müssen weg und damit basta.“

sagte Emi.

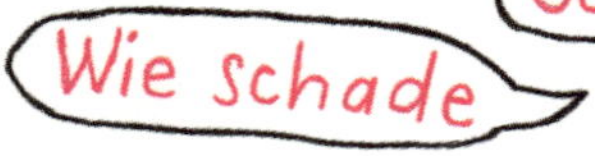

sagte Luna.

„Dodel, dodel!“, rief der kleine große Augustin.

14

Etwa zwei Stunden später …

… hatte sich Augustin der Zweite wieder in seine normale Größe zurückgeploppt. Nachdem sich die orangefarbene Rauchwolke verzogen hatte, nahm Luna ihren kleinen Bruder auf den Arm und ging gemeinsam mit Emi hinunter in den Wintergarten.

Kawumm schoss unter dem Arbeitstisch hervor und sprang an Emis Beinen hoch. Das mechanische Huhn wackelte mit seinem verbogenen Bein auf Luna zu und pickte an ihrer Strumpfhose.

Tante Fee und Emis Mutter saßen friedlich zusammen am runden Tisch und aßen Sahnetorte.

„Danke, dass ihr auf unsere Tiere aufgepasst habt“, sagte Luna. Sie setzte Augustin auf den Holzboden und strich Matilde über den Eisenhals. Augustin krabbelte mit einem Juchzer auf Kawumm zu.

Keine Ursache! rief Tante Fee fröhlich.

„Nein, wirklich nicht“, sagte Emis Mutter. „Wir haben uns dabei ganz prächtig unterhalten, nicht wahr, liebe Fee?“ Ihre Augen funkelten.
„Und wie wir das haben, beste Karla.“ Tante Fee strahlte über das ganze Gesicht.
Emi und Luna sahen sich groß an.
Hatten die beiden, so verschieden, wie sie waren, Freundschaft geschlossen?
„Kommt, setzt euch zu uns“, sagte Tante Fee und klopfte auf die freien Stühle neben sich. Emi nahm rechts neben ihr Platz.
„Findest du es gar nicht schade, dass du nicht mehr schlank bist und keine langen Haare mehr hast?“, fragte Luna und ließ sich auf den anderen Stuhl fallen.
„I wo. Das brauch ich ja gar nicht. Schau mal hier.“ Tante Fee griff unter den Stuhl und zog ein Papier hervor.
Model-Vertrag stand in fetten Buchstaben ganz oben. „Ein Magazin hat mir gleich nach dem Casting diesen Vertrag angeboten.“ Sie kicherte. „Aber weißt du, was? Ich habe mir überlegt, dass ich noch viel lieber Schauspielerin werden will.“

„Oh, da ist dir aber eine dicke Rosine in die Torte geraten, Fee“, sagte Emis Mutter und schüttelte einen dunklen Klumpen von der Gabel auf ihren Teller.

„Grmpf!“, machte Holda. Erst war sie eine Stubenfliege, dann ein Schmetterling und nun also eine Rosine.

„Das Leben ist kein Zuckerschlecken“, brummte sie.

Holda putzte sich die Sahne von Beinen und Flügeln, erhob sich in die Luft und schwirrte davon.

Huch! rief Tante Fee. „Das war ja eine Fliege und keine Rosine.“ Sie prustete los.

„Ein Tag voller Überraschungen!“, sagte Frau Katzenhammer und fiel in das Lachen mit ein.

Medizin für Mama Katzenhammer

Nachdem Emi und Luna sich den Bauch mit Sahnetorte vollgeschlagen hatten, spazierten sie mit dem kleinen Augustin, Kawumm und Matilde hinaus auf die Wiese. Die Sonne ging gerade unter und tauchte den Himmel in orangerotes Licht.
Emi und Luna setzten sich ins Gras und sahen zu, wie Augustin versuchte, einen Grashüpfer zu fangen.
Emi hörte Stimmen und Gelächter aus dem Wintergarten schallen. Ihre Mutter plauderte sehr laut und sehr fröhlich mit Lunas Tante.
Sie war gar nicht so ernst und angestrengt wie sonst. Tante Fee schien ihr gutzutun. Ob wohl die Sache mit den Zuckerperlen etwas damit zu tun hatte? Es musste ein Schock für sie gewesen sein, sich in die oberstrenge Rektorin verwandelt zu haben. Vielleicht hatte es bewirkt, dass sie selbst jetzt ein bisschen weniger streng sein wollte.

Zu verdanken war das alles Lunas Großonkel und seiner misslungenen Erfindung. Emi blickte zu einem seiner Bullaugen-Fenster hinauf. Dahinter huschte der Erfinder wie ein Schatten hin und her.

„Ob dein Großonkel die Wunschperlen wirklich komplett alle vernichtet?", fragte Emi.

„Keine Ahnung", sagte Luna. „Vielleicht. Vielleicht auch nicht. Bei ihm weiß man nie."

Emi zupfte einen Grashalm aus und drehte ihn zwischen ihren Fingerspitzen.

„Guck mal, was Matilde da macht!", rief Luna.

Das mechanische Huhn zog mit seinem Schnabel einen Regenwurm aus der Erde. Kawumm saß daneben, legte den Kopf schief und sah zu, wie es ihn verschluckte.

„Vielleicht wird aus ihr ja doch noch ein richtiges Huhn.“ Luna zog ihre Knie an und umschlang sie mit den Armen. „Aber weißt du, was? Eigentlich ist mir das jetzt egal. Ich habe sie so furchtbar lieb. Und da kann sie einfach sein, wie sie will.“

Kawumm schob seine Schnauze durch das Gras und schnüffelte. Emi fragte sich, ob er wohl auch nach Regenwürmern suchte. In diesem Augenblick prustete Luna los.

„Was hast du denn?“, fragte Emi.

Luna zeigte auf Matilde. Das mechanische Huhn stand neben dem Stamm des Apfelbaums und hob das verbogene Bein, gerade so, als sei es ein Hund. Kawumm sprang um Matilde herum und bellte glücklich.

„Wir haben schon verrückte Tiere, was?“, sagte Luna.

„Ja. Echt total verrückt.“ Emi lächelte.

„Übrigens …“ Luna zog etwas aus ihrer Rocktasche. „Wer oder was wolltest du schon immer mal sein?“

„Hm, keine Ahnung", antwortete Emi.

„Ich glaube", sagte Luna, „dann solltest du ganz dringend mal darüber nachdenken."

Sie öffnete ihre Faust.

Emi schnappte nach Luft.

Auf Lunas Handteller lagen zwei Zuckerperlen.

Eine grüne und eine blaue.

Ina Jacobsen

Alles hört auf mein Kommando!

Mina traut ihren Augen nicht, als sie im Hafen-Shop vor dem Regal mit den Porzellanfiguren steht. Dieser Seemann da hat sich gerade bewegt! Mina will die Figur unbedingt mit nach Hause nehmen. Dort bringt Jokke Tobakka alles durcheinander, denn er ist tatsächlich ein lebendiger Schiffskobold. Mina hat alle Hände voll zu tun, weil Jokke vom Landleben leider überhaupt keine Ahnung hat.

232 Seiten • Gebunden.
ISBN 978-3-401-06781-0

Tierisch beste Freunde

Das kann Mina wirklich gar nicht gebrauchen: Seit die beiden Reporter Jokke entdeckt haben, muss sie den Kobold rund um die Uhr bewachen und sogar mit zum Klassenausflug in den Zoo nehmen. Dort wird Jokke auch noch von Affen entführt. Wie gut, dass Mina bei der ganzen Aufregung ihre neue Freundin Wenke an der Seite hat.

Arena

200 Seiten • Gebunden.
ISBN 978-3-401-06820-6
www.arena-verlag.de

Marianne Efinger

Lisa und die Brombeerprinzessin

Löwen, die brüllen, beißen nicht

Nie darf Lisa bei der Löwenbande ihrer großen Schwester mitmachen. Dabei ist Lisa viel mutiger als alle Löwen zusammen. Aber dann zieht ein neues Mädchen in die Brombeervilla ein. Parvati kommt aus Indien und in Indien ist alles bunt und die Leute essen fliegende Pfannkuchen. Noch viel merkwürdiger ist aber, was gerade im Zaubergarten von Nachbar Klapf vor sich geht.

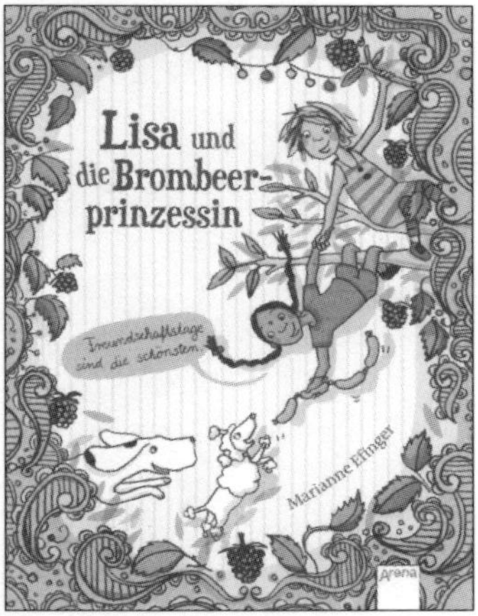

Freundschaftstage sind die schönsten

Endlich steht das große Brombeerfest vor der Tür, auf das Lisa und Parvati so lange gewartet haben. Im ganzen Dorf ist was los. Zusammen mit Trudi-Oma wollen die beiden Freundinnen ein Hunderennen veranstalten. Aber dann kommt Nele aus dem Sommerurlaub zurück und Lisa fragt sich, ob man auch zwei beste Freundinnen haben kann. Nur was die Löwen-Bande im Schilde führt, das weiß niemand.

Arena

176 Seiten • Gebunden
Als Hörbuch bei Arena Audio.
ISBN 978-3-401-06821-3

184 Seiten • Gebunden.
ISBN 978-3-401-06884-8
www.arena-verlag.de

Neil Gaiman

Die verrückte Ballonfahrt
mit Professor Stegos Total-locker-in-der-Zeit-Herumreisemaschine

Das kennt man ja: Papa will nur mal schnell Milch fürs Frühstück besorgen – aber es dauert eine halbe Ewigkeit, bis er wieder auftaucht! Und dann erzählt er auch noch diese völlig verrückte Geschichte, wie er von außerirdischen Monstern entführt wurde, mit einem Dinosaurier auf Zeitreise ging, bei Piraten, Vampiren und Zauberponys landete und am Schluss beinahe das ganze Universum auslöschte. Das glaubt doch einfach kein Mensch, oder?

Jo Nesbø
Doktor Proktor

978-3-401-06304-1

978-3-401-06330-0

978-3-401-06339-3

978-3-401-06648-6

Arena

Als Hörbücher bei Der Hörverlag
Auch als E-Books erhältlich

www.doktor-proktor.de
www.arena-verlag.de